見切り千両

平成バブル狂騒曲

38,915.87

安保邦彦

花伝社

見切り千両——平成バブル狂騒曲◆目次

カバー写真（下部）提供：共同通信社

第一章　大沢清八の出自

大沢清八が神戸時子と結婚したのは、彼女が高校卒で就職後七年目の春のことだった。

時子の父親、神戸史郎は、愛知県瀬戸市にある五郷陶器に勤めていた。史郎は、四十歳を過ぎる頃に有限会社大樹陶業を興した。和もの陶磁器を作る小企業だった。史郎は、娘の時子の結婚前にシングルマザーの大沢華代と再婚した。時子が結婚した大沢清八は、華代の連れ子で父が押し付けた相手だった。

時子は、瀬戸市内にある高等学校卒業時に地元の尾張信用組合からきた求人に応募、入社が決まった。信用組合は、中小企業や個人相手に預金を集め融資もする金融機関だ。信用金庫よりは規模、融資力も下に位置付けられている。顧客は、個人や零細企業が主である。

時子が信用組合へ就職し七年ばかり経った二十五歳の時、史郎が清八との結婚を強要した。清八は時子より一歳上の二十六歳だった。時子は清八に対して、突然家に入り込んできた継母の子だけに、最初からずっと馴染めなかった。

「あんなぶっきらぼうな人と、結婚なんてしたくない」

時子は父親からそう告げられた時に強く反発した。

「親の言うことが聞けないようなら、この家から出て行ってもらう」

父親の史郎からこう脅された。

職場では女子は補助職扱い。会社では、古参の独身女性が人事を含め取り仕切っていた。彼女は、尾張信組役員の縁戚関係者と言われ、陰ではお局様と呼ばれていた。女性社員は二十五歳くらいまでに寿退職する。あるいはそれを名目に中途退社する人が、ほとんどだった。家を出て自活生活をずっと続けていく自信はなかった。

(嫌だけど、仕方がない)

一度言い出したら後に引かない史郎の気質を知っている。それだけに言われるままに従った。

時子の父神戸史郎は、愛知県立瀬戸窯業高等学校を出た後、市内にある五郷陶器で長年働いた。この会社は、洋食器のディナーセット、ノベルティを主力とし、和ものの茶碗類も手掛けていた。

瀬戸窯業は、一八九五（明治二十八）年、瀬戸陶器学校として開校した県内唯一の窯業高校だ。同じ高校の同期であった桧垣有三は無二の親友で、入社も同期。最初の職場は、史郎が新規に立ち上ったノベルティ部門に配属され、有三は飲食器部署のデザイン担当となった。会社の従業員は二百五十人ほどで、地元では大きな会社だった。社長は創業者の五郷軍次、専務は弟の義孝、取締役には社長、専務の妻である忠子、早苗がそれぞれ就いている典型的な同族会社であった。

ノベルティは、〝新しい、珍しい〟を意味する英語で、焼き物で作られた置物や飾り物のことをいう。太平洋戦争後、瀬戸窯業界では、外貨の稼ぎ頭の地位を長く保った。洋食器、建材のモザイクタイルなどと共に、輸出陶磁器の花形商品の一つであった。

史郎が三十一歳の時、岐阜県大垣市に住む長澤百合子との結婚話が持ち上がる。百合子の実家は酒販店を営んでいた。彼女の父親、善之助が、史郎の母親といとこ関係にあった。百合子の祖父の十五年忌の法事で史郎との見合い話が出た。百合子が二十五歳の時である。

長澤家では、婚期を過ぎた娘を早く片づけたいと焦っていた。最初は、ただ会うだけだからと親を帯同して食事会が持たれた。特に好きとか嫌いとかの感情抜きで二回の出会があった。この時も百合子の希望で母親が立ち会った。

「この話を流してしまうのは、お互いにキズがつく。二人が嫌いじゃなかったらこの辺でどうだ。百合子も売れ残りだし」

取り巻きの連中が口を出して、そのまま挙式することになった。

史郎は愛想がなく横柄で、いつも命令口調なことが家庭を持って分かった。一方、百合子は内気で絶えず相手の出方を伺う気質だった。一本気なところは、母親の杉代そっくりであった。

(言われた通り従っていれば機嫌がいい。別に好きっていう気持ちにはならない。結婚って、こんなものかしら)

毎朝、夫に弁当を持たせ送り出す。午前中は近所の製陶工場の絵付けのパートで過ごす。そんな新婚生活が続き、その後二人は、長女の時子、次女の夏江を授かった。

時子が小学校へ通うようになった頃、夏休みに「父親のお仕事」という作文の課題が出た。

「ねー、お母さん、海外へ輸出というけど、この人形や鳥などの置物は何処へいくの」

時子が、史郎が会社から持ってきた人形や犬の置物を前にして尋ねた。

「アメリカ、フランス、ドイツ、イギリスなどと聞いているけど」

「どうして自分の国で作らずに日本のものを買うの？」

時子は花瓶を右手に持ち首をかしげた。

「それはねー、日本の製品が向こうのものより安いからよ。毎年クリスマスの前あたりから注文が増えるわ。瀬戸はね、洋食器や建材のモザイクタイルとこのノベルティの輸出でお金を稼いでいるの。だからあなた達も学校へ通えるわけ」

「そういえば、家で陶磁器を作っているお友達が学校にも沢山いるわ。今度、学校で今日聞いた話をしてみようっと」

時子は両腕で肩を回しながら、少し空いたままになっていた部屋の小窓を閉めた。窓の外はコスモスのつぼみが膨らみ秋の訪れを告げていた。

史郎が最初に配属されたノベルティの製作現場では、多くの作業員が横並びに机の前に座っている。順番に複雑な部品を流れ作業で仕上げていく。例えば、かつてのアメリカの女優マリリン・モンローを模した置物なら、各部品を石膏型で成形する。目、鼻、口、頭部、足、手、靴などを作り、その後釉薬をかけ焼成する。流れ作業で各部材に色付けをするから、この部門だけでも十数人の人手がいる。色を塗った部材を集め組み立てると製品が出来上がる。

この絵付けを含めた製造工程には、新制中学卒の若い女子工員が活躍した。〝金の卵〟ともてはやされ、鹿児島、熊本など九州各地から集団就職で瀬戸へ来て、地元の活況を支えた。中学校を卒業して見知らぬ陶都、瀬戸へはるばるやってきた少女たちには、世話役が要る。職業訓練から住居の世話などが、史郎の役割であった。

それから六年ばかり経って史郎は、突然に飲食器の製造現場へ配置替えになった。有三には、営業部門の別会社五郷商事へ出向の辞令が出た。その後お互いに新しい職場で、なくてはならぬ要員として認められるようになった。

四十歳半ばになった頃のある日、史郎が馴染みの居酒屋「楽々」へ有三を誘い、久しぶりに飲む機会をつくった。先ずビールで乾杯した後、有三が切り出した。

「同じ会社にいても忙しくて顔を合わせる機会もないし、久しぶりだな。どうだ、食器の職場は」

「のんびりとやっているよ。和ものの茶碗や皿は、ノベルティみたいに一度に十万個の注文が飛び込んでくることもないからな。ディナーセットは、時々海外の通信販売の会社から大量の注文が舞い込んでくるらしい。生産が間に合わない時は、ほかの会社に生産を頼んでいるようだな。俺のいる和食器の職場は、注文はボツボツといった感じだ」

「俺のところは、輸出が主な仕事だ。先ほど君が話していたディナーセットの大量注文は、うちの会社が受注したものだ。注文主の後ろには、中近東の石油で財を成した国の王族がいるとかいう噂があったけどな」

有三が職場の裏話を披露した。目の前の、煮凝りにエンドウ豆を入れて固めた突き出しをつつきながら、グラスを酌み交わした。少し酔いが回って来たかなと思う頃には、すっかり慣れてきた販売会社の仕組みもよどみなく説明してくれた。ビールの後は酒に切り替えて、二人の頬が赤くなってきた。テーブルの上には刺身、やっこ豆腐、焼き魚などが並んで更に空の銚子が並んだ。

「ところでな、有三君、今日はちょっと相談したいことがあって呼んだんだ。実は、この会社に見切りをつけて独立しようかと思っている。知っての通りうちは、社長の超ワンマン会社だろ。俺のノベルティ部門からの配転も、いい加減な理由からだ。十万個近い受注にすぐに対応せよと言われた。出来なかったので、即配置替えになったんだ。そんなこと、急に言われてもできるはずがないだろ。尤も浮き沈みの激しいノベルティより、和ものの仕事のほうがやり甲斐がある。今では良かったと思っているけどな」

「突然の配転だったけどそうか、やっぱりなぁ。俺の勤めている五郷商事の社長は、知っての通り五郷兄弟三男坊の耕三だ。会長が彼らの母親のひで子、名前だけの非常勤重役だけどな。彼女の喜寿のお祝いを会社として見逃したとして、総務部長が部付に降格。それで穴埋めに私が本社から呼ばれたのだ。しくじらずにやる以外ないよ」

有三は、日頃のうっ憤晴らしを続けた。吸っていたタバコが短くなった。指の間で火傷寸前なのを忘れていたくらいだ。

「五郷一族でない役員も本社に三人、商事会社に二人いるけど、権限はあまりなく名ばかり重役だしな。お前の気持ちも分かるよ」

有三の指摘にうなずきながら、史郎が先ほどの話の続きを始めた。

「このまま会社にいても先は見えている。小さくても、一国一城の主になろうかと思っているんだ」

「それはいいけど、工場建屋とか設備に金が要る。何か当てがあるのか」

「名古屋市との境界沿いに、親父から貰った五百坪ばかりの土地がある。その周辺に住宅団地が建つということで、高値での買取り話が来たんだ。これに退職金と貯金を当てれば何とかなると思う」

「そうか、それならやれるかも知れんな。独立した後の受注の話なら、できる限り応援するよ」

史郎は、こうして有限会社大樹陶業を興した。五郷陶器の協力工場として、和もの陶器を下請け生産する形で創業した。

工場は、粘土と石粉のほかに色々な設備が必要だ。水を混ぜるトロンミル、その後泥状の粘土の水分を抜くフィルタープレス、水気を抜いた粘土を練るクネットマシン。ほかにシャトルと呼ばれる液化天然ガスを燃料とするガス窯を備えた。窓が多いと空気が乾燥して粘土が渇きやすい。工場内は窓の少ない構造になっていた。そうしたモロと呼ばれる工場の外の塀際では、シデコブシのピンク色が目立ち始めた。間もなく近隣の桜の名所から開花だよりも聞かれる季節であった。

史郎は最小限の設備だけは据え付けたが、創業時には、猫の手も借りたいくらい忙しかった。原料の仕入れ、調合、成形、絵付け、施釉、焼き入れ、窯出し、検査、包装などの工程がある。幸い、五郷陶器から定年間近の人を三人斡旋してもらうことになった。彼らは仕事は慣れているし、給料も前の工場の定年後になる嘱託並扱いで済み助かった。このほかに施釉、絵付け、検査などでパートの主婦三人を頼んでいた。史郎、百合子の総勢八名で開業できた。百合子は事務所で電話番をしながら、工場が忙しくなると現場の手伝いにかり出される。

「はい、お待たせして申し訳ありません、社長は今外出中です。お願いしたいのは、トロンミルに入れる玉石のことだと思います。もしほかの用件でしたら帰り次第電話させます」

鳴りっぱなしの電話に気づき、慌てて現場から事務所に戻る。こうしたことが、日に一度や二度どころでなかった。家業の手伝いに加えて、朝食から夕食までの食事を作らねばならない。子供の世話、掃除、洗濯、近所との付き合いもある。夜は布団に入るとそのまま一分もしないで白川夜船だった。疲れ果てて、夫との夜のお勤めも全くのご無沙汰だった。そのことを顧みるゆとりが全くなかった。

三カ月が無事に過ぎ、仕事のめどがつく。午前中だけだが、事務員を雇うことになった。二年経ち、経営は徐々に軌道に乗り始め、事務を手伝う人の勤務時間も午前から午後の三時までに広げた。お陰で百合子は、会計処理の手伝いだけで済むようになった。

それから一年半ほどたって会社の業績が好転し始めると、史郎の日常生活に変化が出てきた。

「仕事ばかりだと疲れる。ストレス解消のためにゴルフをまた始める」

新年度向けの新商品の試作にめどがついたある年の秋の始め頃、史郎が言い出した。

「私もこの頃は肩が凝って仕方がないわ。市の福祉センターでやっているママさん合唱団にでも入って歌おうかな」

百合子は高等学校の頃コーラス部に属していたから、合唱へ復帰したい気持ちが頭をもたげた。史郎は、そんな妻のささやかな望みに応える風でもなく

「久しぶりに練習場で球を打ってみる」

百合子の知らぬ間にゴルフバックを点検し、出かけてしまった。

その夜、夕食に顔を見せなかった史郎が深夜、酩酊状態で帰ってきた。

「あんた、こんな酔ってしまって。車はどこに置いてきたの」

「今日、練習場で桧垣有三に会いお茶を飲んだ。久しぶりだし懐かしかったから、その後陶生町にある『楽々』へ直行さ。車はそこに置いてある。心配するな、明日取りに行くから」

「ああ、桧垣さん、聞いたことあるわ。楽々って前の会社に勤めていた時の馴染みの居酒屋さんでしょ。健康診断で肝臓の数値があまり良くないんだから、飲み過ぎないようにね」

「ああ、分かっていますよ、奥さん、そうがみがみ言わないこと。俺は会社が順調でこの頃嬉しいんだ、いや苦しいんだ、そうじゃない悲しいんだ。とにかく水を一杯くれ」

「何を訳の分からないことブツブツ言っているの。しょうがないわね、酔っぱらいは」

「今晩はいいだろ、久しぶりに」

百合子はまだお風呂前で普段着のままなのに、肩に手を置き抱き寄せようとする。

「止めてよ、だから酔っぱらいは大嫌いって言ったでしょう」

「そんなこと、俺は聞いていないぞ」

酒臭い息をはきかけられ思わず身をそらせた。床を敷くとすぐに寝入った。経営が軌道に乗るまでは慎んでいた飲酒の機会が、この日を機に深酒を重ねるようになった。

楽々の女将さん大沢華代は、誰から聞かれても笑って

「年齢は不祥です」

と微笑み返す。着物の襟を少し前にはだけた豊満な胸のあたりとうなじの白さが、男ごころをくすぐる。ある日史郎が一人で出かけると

「先日は桧垣さんとご一緒で有難うございました。この頃は貴方によく通って頂き助かります。神戸さん、会社を作って大成功だそうですね。私もうれしいわ」

透き通るような白い肌の顔色を赤らめながら毎度迎えてくれる。

「うん、桧垣も五郷商事の部長になって羽ぶりが良さそうだ」

「その時にね、立ち聞きして悪かったけど資産管理で何か盛り上がっていましたね」

「うん、俺はゴルフ場の会員権や株、土地を買って値上がりで資産を増やす方針だ。あいつは、現金で貯めるのが一番と譲らないんだ。株や土地などは下がると怖いと言ってね、俺は、高値の時に売れば問題ないとやり返したが聞かないんだよ」

「社長と部長さん、人を使う方と使われる立場の違いかしらね」

華代は、以前もらった神戸の名刺を見ながら微笑んだ。左頬にできるえくぼが魅力の一

つだ。楽々は、入ってすぐ右にカウンター席が五つある。その後ろのテーブル二脚に十人ほどが座れる、こじんまりした居酒屋だ。忙しい時には若い子をアルバイトで雇い切り抜けていた。季節の手作りの総菜と旬の魚料理を得意としている。

その夜は、すでに九時半を過ぎていた。看板は十時半、最後の注文時間は十時だが、客はたまたま史郎一人だった。

「ママさん、この前お客さんから聞いたけど子供さんがあるんだってなー」

「ええ、そうよ、もう二十歳をとっくに過ぎているけどね。この間まで専門学校へ通っていました。ああ、そうだわ、今夜はもう看板にするからゆっくりしていって。私も少しご相伴にあずかるわ、いい？」

「勿論、大歓迎だ」

史郎は、にわかに相好をくずした。それに呼応して華代は、店のれんを降ろし外の案内灯を消した。

「私ね、若い時に名古屋市の盛り場錦三丁目でホステスをしていたの。錦三丁目だから、〝きんさん〟って言うんだけど。夜の世界では知られた高級会員制の『クラブ栴檀』でね」

「よく悪質な客引きがいて、警察沙汰になったもめごとが新聞に出るから、その界隈のことは知っているよ」

史郎は両手で頬杖をしながら身の上話に耳を傾けた。

「そこで単身赴任の客に見染められ、家庭に入り一児を授かったわ。だけどいいことは続かなくてね。内縁の夫となった佐伯健生が、ゴルフでプレー中に倒れ、救急車で運ばれた病院で亡くなったの。心筋梗塞という診断結果でした。腎臓、肝臓も大分悪くなっていたみたいだったけど。とにかく健康診断を含め医者にかかることをひどく嫌ってね」

彼は、大興証券の名古屋支店長で役員だったという。華代によれば酒好きで店でもよく飲んだ。同棲してからも夕食には欠かさず酒類が欠かせなかったという。

「彼は、東京にいる奥さんと離婚話を始めてくれました。でも　最後まで同意が取れなくってね」

これだけを早口でしゃべった。史郎は、注いだ盃からあふれそうな日本酒をぐいと飲み、フッと一息入れた。

「今酒類って言ったな。彼は、アルコールなら何でもいいということ？」

「そうよ、夏ならビールの後に冷酒、冬なら焼酎のお湯割りに梅干しを入れる。ワインも好きだったわ。お酒ならぬる燗で、何でもこいという感じだったわね」

二人がさしで話し合うのは、初めてだった。よほど不満と不安が溜まっていたのだろう。饒舌になり話が止まらなくなった。

「それにタバコを一日に三十本も吸っていたし。今思うと体に悪い事ばかりだったわ。証券会社だから相場が下がり続けるとストレスがたまるでしょ。逆に相場が上がればお祝いだと飲む口実を付けるし。株の売買って相場の上げ下げに左右されるわね。賭け事みたいなところがあり私は好きじゃなかったけど。でもね、あれこれ意見がましいことは言える立場ではなかったし」

しかし佐伯の死後、相手の奥さんとの離婚手続きは成立しなかった。華代はシングルマザーになってしまった。

「養育費とかで向こうの親族ともめてね。でも立場が弱いでしょ。最後は遺産をほとんどもらわずお終いになったわ。向こうの人たちと一人で争うのに疲れてしまって。その後の生活があるからここで居酒屋を開き、再出発となったわけよ」

「それは知らなかったな。それで、子供が小さかった時に夜の面倒は誰が見ていたんだ?」

「他人だけど、たまたま人のいいおばさんが近所にいてずっと世話をしてくれました。だからこうして店をやっていけたの。お酒のお代わりする?　私のおごりで」

「どうぞ、どうぞ、今夜は飲もう。また明日から自粛すればいいいんだ」

史郎は一人ごちながらうんうんと頭を下げた。二人は、すっかり意気投合したまま盃を重ねた。

「はい、どうぞ。地元の銘酒『鳳来の鶴』ですよ」

華代は冷酒の純米大吟醸を奮発した。史郎が注いだその冷酒を含みながら
「誰かいい人はいないかしら、とこの頃思うの。もう疲れてきたわ。専門学校を出た子供がいい就職口がなくてぶらぶらしているの。父親似でタバコは吸うし、ギャンブルも酒も好きだから。早く定職につけさせないと心配だわ。おまけに今の借家が区画整理で二年先には取り壊しになると言うし」

愚痴をこぼした。そういえばいつもよりか目の隈が黒ずんで見えた。

「いくらでもいるだろう、言い寄る人は」

「そりゃーあるわよ。でもね、皆真面目じゃないの。本音は一度でもいいから関係したい、ただそれだけなのね。こちらは子持ちだし、相手の勝手な言い分は聞き流してきたわ。だから今までそういう人みんなお断りでしたよ」

暫く沈黙が続いた後、史郎が意を決したように口を開いた。

「今度の土曜日、愛知県南設楽郡鳳来町の湯谷温泉へ行かないかい。鄙びた天然温泉宿でゆっくりして今後の話をしようじゃないか」

「ええっ、それって、本当の話？　貴方には奥さん、子供さんもいるし、本気でそんな

ことを考えているの？　酔った勢いで、明日になったら『なかったことにしてくれ』。それはいやよ」

ほんのり赤くなった顔でじっと見つめられた。

「酔った勢いで言っているんじゃない。前から考えていたことだ。今夜、あんたの境遇にほだされて思いが吹っ切れた」

諄々（じゅんじゅん）と説いて聞かせた。

史郎は、土曜日昼からの待ち合わせ場所を決めた。会社の経営が順調になり金が貯まるようになると、女友達が欲しくなった。楽々を訪れる度に華代に対する気持ちが高まってきていた。妻の百合子は、何処かへ出かけた際にこれはと思う土産を買ってきても、特に嬉しがる素振りを見せない。

「有難う」

ただこれだけの一言である。喜怒哀楽を表すことは、滅多にない。だから一緒に暮らしているという実感が伴わない。それからは何も買ってこなくなった。夜の交わりの時も、いつも

「ねー、まだなの、早く終わってよ」

冷めた口調で言われるから興ざめである。

華代との申し合わせの後、考えた結論は次のようになった。当分は平たく言えば愛人だが、とりあえずは月々の生活費を渡す。時間をかけて百合子との協議離婚に持ち込むつもりであった。

約束した日の土曜日、史郎は組合の寄り合いがあると言って家を出てきた。車に華代を乗せて間道から幹線道路に出ようとした時、〝止まれ〟の標識が目に入りブレーキを踏みかけた途端、脇から自転車が飛び出し軽く接触した。

車から飛び降りると、小学生らしい少年が倒れている。自転車のハンドルを片手で握ったままだ。

「おい、大丈夫か！　どこか痛くない？　僕何年生？」

「三年生です。痛くないです。今から少年野球の練習に行きます」

自転車の籠には、グローブと軟式のボールが載っている。怪我をしているようなら医者へと思ったが、本人がまったく大丈夫と言う。両手でそっと抱き起して伝えた。

「ここにおじさんの住所と電話番号が書いてある。何かあったら連絡してくれる？」

通り合わせた大人が二、三人こちらへ寄ってきた。急いでメモ用紙を渡し、サドルにまたがった少年を見送った。

ここは、国鉄飯田線の三河湯谷温泉駅からもう一つ飯田寄りの槇原渓谷沿いにある旅館。二千坪の敷地には富山は越中八尾から移築した合掌造り二棟があるのみだ。囲炉裏の煙でくすんだ色合いの太い梁、高い天井、広い空間が売り物の贅沢な宿だ。

開湯千三百年の湯につかった後、懐石料理を部屋で頂く。お品書き通りに前菜、湯葉や季節の野菜などの四種盛、鱧の天ぷら盛り合わせ、酢の物等が次々に運ばれてくる。

「イワナ、ヤマメの刺身や焼き物もあり、豪華やなー」

華代の歓声が部屋中に響く。ご飯、赤だし、香の物、水菓子が出て夕餉は終わった。

隣の部屋には、枕を二つ並べた布団が敷かれていた。薄い明りの下で華代の浴衣を解く音がして隣に滑り込んできた。おおきな乳房に顔をうずめ舌を這わせる。やがて右手を秘所に近づける。華代は抗うことなく受け入れあえぎ始める。感度は抜群のようだ。

「いいわ、もっと奥へ、お願い」

喚きながら段々よがり声が大きくなった。互いに快感にしびれながら半ば失神状態だった。そこには二人の桃源郷があった。史郎も絶頂を迎えお互いに果てた。

翌朝は飯田線に沿って流れる宇連川沿いを散策する。この川は、川底が板を敷いたように見えるので別名「板敷川」ともいうそうだ。あたりを散策した後、近くにある鳳来寺山へ向かった。この山は六百九十五メートルと低いながら深山幽谷の趣がある。〝ブッポソウ（仏法僧）〟と鳴くコノハズクが生息していることでも知られている。古くから修験者が、修行の場とした霊山だ。険しい岩場を横に車道が続く。暫くして中腹にある山頂パークウェイ駐車場に着いた。ここから歩いて鳳来寺東照宮へ向かう。

「山の空気は、おいしいねー」

華代が組んだ左腕をぐっと引き寄せながら大きく息を吸った。

「確かに街の空気とは違うな」

史郎も両側の樹々を眺めながら頷いた。十分くらい歩くと急な石段が目の前に現れた。階段が何十段か続き、息が荒くなる。両側に並ぶ樹齢三百七十年程、太さ五メートル余の杉木立に圧倒される。登りきると目の前の鳥居の奥に朱塗りの社殿が目に入った。

「徳川家康公の母が鳳来寺を参拝し、生まれたのが家康か。それで三代将軍家光がこの東照宮を建てたそうだ」

史郎が神社由来の看板を読み解説した。そこから数分先にある鳳来寺本堂でお参りをして引き返し、駐車場の近くにある茶屋で一服した。


土産に五平餅を買い午後の三時頃家に帰ると、面倒なことが起きていた。

「あんた、一体誰とどこへ行っていたのさ?」

「だから組合の会合で湯谷温泉一泊と言っただろ」

「女を連れて嘘ばっかり、警察官が来て大変だったよ。奥さん、同乗していたんでしょって聞かれるし。返事のしようがなかったよ」

全てがばれてしまい史郎は観念した。頭を下げ、黙って百合子の言い分を聞くしかなかった。

「子供に住所を書いた紙を渡してあって良かったけど。そうでないとひき逃げになるところだったよ。お巡りさんに子供を病院へ連れていくべきだったと怒られてしまうし。組合の事務所へ電話したんだよ。すると今日は寄り合いはやっていないと言うじゃない。その女は誰なの？」

百合子が一気にしゃべり出し、史郎は俯いて聞いているだけだ。ぶつかった相手の少年は、練習中に足が痛みだした。親に連れられ病院へ行ったところ、右足の骨にひびが入っているという診断だった。それで家族が人身事故として警察に届け出たという訳だ。

自転車事故のことはまさかの展開だったが、華代のことはどうせ言わなければならぬことだと腹をくくった。

「今からその少年の家に見舞いに行くが、その前に言っておくことがある。湯谷温泉へ一緒に行ったのは、楽々の女将さんの華代だ。おれは彼女と再婚するつもりだ」

百合子は頭が真っ白になった。

「やっぱりね。この間から楽々ばかりへ行くからおかしいと思っていたけど」

これだけ言うのが精いっぱい。暫く時間がたって
「……大垣の兄さんと子供たちに相談してみます」

とやっとのことで言った。

（お互いに愛情がないんだから仕方がない。今まで苦労して会社を盛り上げてきたのに、出世すればこの有様だ。でも今からよりを戻す気もないし、悔しいけど仕方がないか）

百合子は、華代のことは薄々感じていた。離婚は、嫌だと言っても話を引っ込めるような相手ではない。すぐ次の日に兄の所を訪れ、事の顛末を話した。

「近く支店を出すつもりだから、その店の手伝いをしたら」

理解を示してくれた。

長女の時子は就職したばかりだったから、そのまま家に残ることになった。史郎は当初、百合子に言いわたした。協議離婚が成立すれば華代の籍は入れる。同居の時期は、時子の言い分も聞いて考える。

その後一カ月して華代は、店を閉める算段をした。その間に史郎は、華代の子供、清八に会って就職の相談にのった。

「おー、君が大沢清八君か。専門学校で自動車の整備コースを出たと聞いているが」

「はい、そうです。高等学校は、商業科を出て専門学校で自動車整備のコースに入り卒業しました。けれど車の下にもぐって油まみれで整備することが嫌になってしまいました。今はアルバイトをしています。サービス業は時間が不規則なので、モノを作る工場がいいです。お義父さん、宜しくお願いします」

初対面で親しげにお義父さんと呼ばれ、面映ゆかった。華代から失礼のないようにと言われたのだろう。分ってはいたが好感を持った。髪も染めておらず、見たところ真面目そうな青年で安心した。

「趣味は何かあるの」

「高等学校で将棋部に入っていました。専門学校でも指せる相手を見つけ時間をつぶしていました」

「成程、いい趣味じゃないか。酒とゴルフくらいしかない私に比べてずっといい」

妙なところで感心して、一肌ぬぐ気持ちになった。早速、五郷商事の桧垣有三に清八の働き口がないか聞いてみた。彼の友人が、自動車部品を作る会社の幹部になっていることを思い出したのだ。以前二人で飲んだ折に有三が話してくれた。間もなく名古屋市大森区にある大手自動車メーカーの二次下請け会社、大成工業を紹介してくれた。

二次下請けとは大手メーカーの下請け会社のもう一つ下の企業。底辺で請負いの仕事をする零細企業を指す。従業員は二十数名だった。たまたま独身寮の名目で会社が借り上げた1DKのマンションが空いていた。その会社に入社できることになり、次に会った時に願ったりかなったりと華代も喜んだ。こうして清八の就職先が決まり、早速借り上げのマンションからの通勤生活が始まった。

「寮に入れたなんて助かるわ。本当に有難うございました」

「寮っていってもただ一部屋のマンションを借り上げてあるだけだが、喜んでもらえれば有難い」

その後暫くして華代は史郎に、相談を持ち掛けた。

「あのね、聞いてちょうだい。もう一つ面倒をかけることがあるの。お金の話ですけど。店を開店するときにかかった改装費用や、権利金など銀行で借りた金の残りが百万円、それと未収金が百万円、アルバイトに来ていた女の子に貸した十万円」

華代から金の無心があった。惚れた者の弱みだ。

「未収金が百万円もあるの」

「それは聞いてなかったな」

「ごめんなさい、神戸さんみたいに現金で払ってくれる人は少ないわ。つけ払いの人で質の悪い人は、額が多くなると来なくなってしまうの。そういうお客が七、八人いればすぐに百万円位にはなるし。今度みたいに店を閉めると分ると余計に冷たくなって。よその店に平気で鞍替えするし、世間は冷たいものよ」

（とりあえず、銀行の借入金百万円は即金で払う必要がある。それと華代の生活費で毎月三十万円ちかくは要るな。それに百合子への慰謝料もあるし）

当分の間必要な金の胸算用をした。頭の中の計算でも出ていく金がどんどん膨らんでいく。世の中は、運勢の良い方向へ向かう時と、逆の流れが起こる時がある。会社の業績が順調なのを慢心していた。華代との再婚に踏み切った頃から、流れが逆流し始めたようだ。ある日、銀行への借入金返済の話し合いをしていた時に、華代が言いにくそうに口ごもった。

「どうしたんだ、何かまた面倒なことでも起きたのか」

「あのね、この前今の住んでいるところ、区画整理で立ち退きがあること、言ったわね」

「ああ、聞いたよ、それがどうした？」

「二年先と言っていたけど、急に早まって半年先だと言われたの。立ち退き料は少し上乗せするそうだけど。期限は厳守して欲しいと言われちゃったの」

華代と会う場所は先方のマンションと思っていたが、それも当てにできず、当分はラブホテルしかない。考えた末に、百合子や時子との約束は反故にして、なるべく早く華代を家に入れることにした。

その後史郎と百合子の協議離婚は、慰謝料と次女夏江の養育費を月々払うことでまとまった。こうして大沢母子、百合子と子供のそれぞれの新しい歩みが決まった。

第二章　清八が一家を構える

大沢清八は、神戸時子との結婚を機に、会社が借り上げたマンションを出た。新婚生活は、工場の近くに借家住まいで始まった。狭い路地に面して棟割長屋が二棟続いている。そのうちの一棟ずつに五軒の家が横並びになっている。

清八たちの住み家は、小路に面した西側の一棟目の一番端にある。玄関を入ると右にトイレ、台所があり、その足元に食堂兼四畳半の居間がある。その奥に六畳二間が続く長屋暮らしだ。風呂は、歩いて五分ほどの私鉄駅前にある瓢箪山温泉を利用する。長屋の前の幹線道路を横切り、南に数分歩くと一級河川の矢田川堤防に出る。

清八が勤めに出た大成工業の工場は、朝八時始まり。だから七時には起きて、自転車で通勤する毎日。職場では、鋼材が所定の長さに自動的に切断され、これに溝を切りネジに仕上げる。そのネジを外注先で亜鉛メッキをしてもらい出荷している。隣の建屋では、鋼板を大型プレス機で打ち抜いている。観光バスの運転室を組み立てるのに使うが、騒音は相当なものだ。プレス機の脇には熱間の鍛造設備があり、九百度で自動車部品を加工している。

清八の仕事は、鋼材が滞りなく支給されているかどうかを見守る。また出来上がったネジに不良品がないか監視する機器の点検をする。更に出来上がったネジが、搬出用の通い箱に規定通りに入っているかどうかの確認作業もある。鋼材を切断する音が天井に反響してかなりやかましい。単調な作業の繰り返しだが、実働八時間で午後五時の定時のはずなのにほとんど毎日残業続きだ。昼休みの楽しみは、将棋を指したり花札の「こいこい」をすることぐらいだ。職場には、藤本というアマチュア将棋四段の高段者がいて色々と指導を受けた。

所帯を持って間もなく、長女満江が生まれた。時子は勤めに出たかったが、子育てがあり専業主婦で我慢した。暇を見ては、近所の空き家で行われている内職作業に通っていた。この内職は、既製服を作る縫製業者に納めるもの。婦人服の穴かがりやボタン付けなどだ。半日やればいくらか家計の足しにはなる。穴かがりは、ボタン穴の周囲を手作業で糸を通していく。器用さと根気のいる仕事だ。

ここで皆からお鹿ばあさんと呼ばれている大野鹿江と知りあった。彼女は、同じ長屋の三軒隣の住民で六十五歳、三年前亭主に先立たれて一人暮らし。誰よりも早く手持ちの内職仕事を終えてほかの人の指導に当たる。何でも筒抜けの長屋住まいだから

「お鹿ばあちゃん、しょうゆを切らしちゃったんだけど、貸してくれる」

「時ちゃん、ああ、いいよ、これもう少しになったけど持っていって。新しいのがうちにはあるから」

いつしかお互いに味噌、お米の貸し借りをしたりする仲になった。清八は亭主関白であり、鹿江は外に筒抜けの夫婦喧嘩を見聞きしている。そうした同情が、時子を不憫に思う心に代わるのだった。

会社勤めを六年程している間に、次女の綾乃を授かった。家族が増えて家が狭くなったため、近所で空き家を探した。折よく長屋から出てすぐ近くに、二階建ての家を借りることができた。内風呂があり銭湯へ行かなくて済むので、寒い冬には助かった。

時子は、夫の少ない給料からもらう月づきの生活費を節約するため苦労した。いつも安い買い物を心がけた。丹念に新聞の折込み広告を見ては、一円でも切り詰める毎日だった。清八は、そんな時子の殊勝な生活ぶりを知らないまま。会社が早く退けた日も、家に直行しない。最寄りの私鉄大手町駅前のパチンコ店に入り浸りの生活をしている。休日になると競輪、競馬場へ出かけた。

駅前には将棋クラブがあり、一日千円で相手を見つけ楽しむことができた。パチンコで負けて有り金が少なくなると、将棋で憂さを晴らすことが多かった。

ある年の春先、清八は休日出勤した日の代休を取ったことがある。その日、いつもの将棋クラブに顔を出すと、あまり顔馴染みでない客が一人いた。花札を前にして手持ち無沙汰にしているようだ。

「社長さん、花札のこいこいをしませんか。将棋と違ってすぐに終わりますし、小遣い稼ぎになりまっせ」

〝ご主人〟とか〝大将〟と呼ばれるよりは、〝社長〟のほうが気持ちがくすぐられる。その男は、牧野と名乗った。一、二度将棋を指しているところを見たことのある顔であった。そういえばかつてその男から声をかけられたことがある。賭け将棋をしないかと声をかけられ断ったことを思い出した。頭は丸刈り、鼻の下から八文字形に薄い口ひげが伸びている。左の耳がややつぶれたように変形したまま。浅黒い顔でがっしりした体躯の持主だった。

職場に「こいこい」の好きなのがいて、何度も相手をしたことがある。競技の途中でいい役ができた場面に出会う。その際止めるか、それとも更に勝ち点を増やすために「こいこい」と言って続行するかどうかを決める。だからこの名前が付いた。

(今日はあまり金を持ってないけど、いっちょやるか)

「時間がないから少しだけならいいけど」

「ここだけで通用する大手町ルールでいきましょう。今日は、三回戦でやめてもらっても結構です。こいこいをしなかったらそれで終わりにできますから」

勝負事に誘われると断れないのが、清八の悪い癖だった。競輪、パチンコ、こいこいにしろ、大勝ちしたことはあまりない。でも勝負事、賭け事となると何か血が騒ぐ。自然と心がわくわくしてくる。

(勝負している間の、勝つか負けるかの瞬間がたまらなく楽しいんだ)

牧野が、慣れた手つきで花札を切り裏返しに置く。

「社長さんからどうぞ」

「社長さんはやめといてくれ、俺はただの会社員で大沢清八って言うんだ。清さんでいいよ」

「じゃー、清さんから始めて」

裏返しになった札をめくるように促され、清八が一番上をめくる。二月の梅で牧野が七月の萩、月の早い札を引いた者が親になる。清八の親と決まり、手札として八枚を牧野の前に裏向けにして並べる。自分の手札も同じようにして並べ置く。その間に場の札として表の絵柄が見えるようにして置く。場には、たね札の梅にウグイスと五光と呼ばれ最高点の付く桜に幕、三枚揃えば六点になる青短冊が一枚、後は何の役も付かないカス札が五枚並んでいた。残りは山札として伏せておいて始まりである。

清八が手札から一枚取り出し場に置く。桜の赤短冊で、場には同じ月のものがないので捨て札だ。次に山札から取ったのは菊に盃、場には菊のカス札があり合わせて取る。子の番になり牧野が手札から梅のカス札とウグイスを合わせ取る。こうして四回戦目になり、清八は山札から桜を引き、場の桜に幕を引き合わせて早くも花見で一杯とでき役で五点。

「ここで今日は止めときますわ」

清八が宣言し、あっけなくこの日のゲームは終了した。

昼から姿を見せなかった清八が、上機嫌で四時過ぎに自宅へ帰ってきた。手には、市場の肉屋で買った特上の牛肉一キロを下げている。

「おーい、時子、今晩はすき焼きパーティーをやるぜ」

「うわー！　すき焼きだって、すごい。どうしたの、お父さん」

滅多にない父親の振舞いに、子供らが大声で騒ぎ立てた。あまり見られない父親と娘たちの触れ合いに時子は、フッと目をうるませた。珍しくパチンコで儲かったのかと思った

が、子供らの手前
「ああ、もしかしてこの前買った宝くじが当たったたの？」

とっさの思い付きで白を切った。

「そうだよ、忘れていたが、今日が発表日で調べたら二万円当たっていたんだ」

「そうしたらこれからも宝くじを買ったら、ねーお母さん」

満江のはしゃいだ声に
「まあ、そういつも当たるわけじゃないから、あまり買わないほうがいいと思うけど……」

時子は気のない返事をした。大沢家にとって珍しい親子の即興劇はそこそこにして、久し振りの親子水入らずの夕餉を囲んだ。

このように、花札のこいこいで一度に二万円も儲けたことがあり、それからパチンコの合間にちょくちょく花札遊びも続いた。


清八は、ある夏の休日にパチンコ店に出かけた。いつも通う大手町駅前の馴染みの店だった。外では、セミの鳴き声がやや静かになった夕刻であった。
二、三台試し打ちを始めると、面白いように玉が貯まった。一時間くらいして、もう少しで止めようと思った。しかしこれを潮時に流れが変わった。急に出玉の状況が悪くなり、見る見るうちに玉が減っていく。籠に貯めた分もつぎ込んだが、ほとんど最初と変わらない状態に戻ってしまった。

（こん畜生、換金すれば二万五千円くらい儲かっていたのに）

結局、タバコ銭くらいの儲けで止めて将棋クラブへ向かった。扉を開けると、部屋の中がタバコの煙で霧がかかったように煙っている。隅のほうにいつかの牧野がニヤリと笑って手招きをしている。

「清さんでしたな、いつぞやはやられましたわ。どうですか、この前の借りを返したいんで、お相手して下さいよ。今日はレートを大きくしましょう」

黒く太いまつげ、大きな目玉が、メガネの奥から清八を見据えている。

（そうか、勝ち逃げは許さないというのだな。今日は軍資金は沢山持ってきたから、やるか）

そこで先日の続きのような形で始まった。しかし、今日はどうもうまくいかない。すでに手元に出来役ができ、もっと大きな役ができると思った。そこで「こいこい」と言い勝負を続けた。ただ、相手が自分より先に役を揃えたら、得点を倍返ししなければならない。一時間ばかりすると「こいこい」をするたびに負けて、懐にあった七万円がもうなくなっている。頭が熱くなってきた。

（よし、こうなったら一発勝負で取り返すぞ）

「ちょっと腹が減って来たから、ラーメンを食いに行ってくる」

牧野にそう言って家に大急ぎで帰り、愛用の手文庫から五万円を手にした。ふと目に入った柱時計は午後九時半を指していた。時子と子供たちは寝入っているようで、清八が帰ったことは見つからずに済んだ。

再開した勝負は、負けを取り戻すために一発勝負で大きく賭けた。自分の手元には、猪、鹿、蝶が揃って五点ある。

「よし、こいこいだ」

清八の声が大きくなった。周囲で将棋を指していた連中が思わず、顔をしかめながら振り向いた。ところが相手の番になると、いつの間にか桜に幕、桐に鳳凰を揃え三光。おまけに青単も三枚で合計十点。倍返ししなければならない羽目になった。

けっきょく最後に残った二万円も取られ、ラーメンも食べ損ね、散々な目にあった。

その日から少し経った頃、パチンコ店で将棋クラブの指し仲間の池貝要之助に会った。棋力がほぼ同じで、格好の相手であった。細面の白い顔面に茶色のメガネをかけ髪を七三に分けている。見るからに几帳面そうな男だった。

「ちょっとそこの喫茶店でお茶でもどうだ」

池貝の誘いで駅前の角にある「赤い風船」に入った。モーニングの時間が過ぎていて客の姿はまばら、隅の四人掛けの席に案内された。

「大沢君、パチンコの成績はどうだ。俺は賭け事をやらないから興味はないけど。それにパチンコ店のやかましい音とタバコの煙が嫌だし」

池貝が、注文したウインナーコーヒーのクリームをかき混ぜながら、清八の顔をじっと見つめた。

「まーまーまー、勝負事だから買ったり負けたりの繰り返しだが、清算すれば損になっていることは間違いないだろうな」

池貝に白状した通り病みつきになっているパチンコは、揺る日のほうが多かった。清八はそれでも、最後に残った百円までをつぎ込まないと止められない性格だった。儲かっても損をしても結局、ギャンブルをすることが楽しい。喫煙、アルコールと同じく中毒症状で、家庭のことは顧みずにチンジャラの音を振り切れなかった。

そんな清八の心情を見透かすように、池貝が言いにくそうに先ほどの言葉を継いだ。

「この間、君は、将棋を指さずに隅の方で花札に熱中してたな。取り込み中なので声もかけなかったけど」

「そうだよ、やられたんだ、牧野に十三万円も」

「ええっ、花札で十三万円もか。奥さんにばれたら大変だな」

「それは大丈夫だ。金は俺が握っているから、このことを女房は知らないんだ」

この頃、清八が時子に渡していた月々の生活費は三万円だった。池貝が十三万円と聞いた時は、思わず、ずり落ちそうになったメガネをもち持ち上げながら二度までも聞き直したくらいだ。

「今日の話は牧野のことだ。席亭の亭主が、どうして将棋クラブで花札なんかをやらせるようになったかは知らない。いつの間にか彼が、将棋を指すより花札の相手を熱心に誘うようになったんだ」

「本当は、警察にバレたらまずいことになるんだろ」

「そりゃーそうだよ。競輪、競馬、競艇などと違って未公認の賭博行為だもの。後ろに手がまわるよ。それより俺が言いたいのは、牧野の正体だ」

「というと、これに絡んでいるのか?」

清八が右手の人差し指でこめかみの下から口元まで線を引いた。

「そうなんだ、彼はY組傘下の瀬戸内一家の組員らしいと俺の親しい人が教えてくれたんだ。この前、君がやられていたようだから知らせた訳だよ。それにな、俺の友達が言うには、こいこいで見えないように裏技を使うらしい。足の指で上手に目当ての札を取って出来役にするという話だぜ」

「成程、それでか、こいこいと何回も仕掛けたんだが、その度に相手の役が成立して負けてしまうんだ。教えてくれて有難う。もうあそこでは将棋しかやらないようにする」

清八は正直に頭を下げて池貝に礼を言うと、伝票を手に喫茶店を出た。

三女の百合が生まれたばかりの頃の年末であった。職場で仲の良かった友達の佐々木浩二から電話があった。彼は、数年前に叔父の三浦雄一郎が経営する丸一不動産に転職していた。

「おーい清さん、元気でやっているか。明日久しぶりに忘年会を兼ねて一杯やろうじゃないか。工場の近くの居酒屋『手羽さき一番』、今でもあるだろ、そこで六時に待っている」

いつもそうだが、こちらの都合も聞かずに早口で自分の用件だけ言うと早々に電話を切った。

久しぶりの再会で握手をするなり生ビールで乾杯した。

「なー、清さんよ。あんな汗だらけになって毎日ネジを作っているより、不動産の売買を手伝わないか。最近は、会社の仕事が忙しくなって人手がいるんだ」

その夜、佐々木の呼び出しに応じ杯を傾けながら、不動産業界への転職を促された。彼は、紺色の背広をぴっちりと着こなしている。金縁の眼鏡と左腕にはロレックスらしき高級時計が垣間見える。紳士然とし、工場内で見かけた以前の姿とは見違えるばかりであった。

「不動産業というとなんかやばい商売のような気がするな。いい加減なことを言って高く売りつけたり、安く買いたたく。君を前にして悪いんだが、そんな印象が第一に浮かぶんだ」

「もっともだ、俺だって丸一不動産に入る前はそう思っていた。転職直後にある人から言われたよ。あんたの業界は〝千みつ屋〟だよねって」

「どういう意味なんだ」

「不動産業者は千に三つしか本当のこと言わない、それくらい世間の人からは信用されていない。かつては、そういう風に思われていた時代もあったようだ。いい加減な商売だとな。でも宅建業法、つまり宅地建物取引業法ができ業者は免許制になった。それ以降は、随分と明朗な商売のやり方に変わってきているよ」

「そうか、まともな業界になってきたわけだ。でも何か資格がいるんだろう」

「うん、国家試験の宅地建物取引主任者の資格は必須条件だ」

「試験か、勉強は昔から苦手だよ、俺でも取れるかな」

この資格は、その後呼び名が宅地建物取引士と変わったが、取得者でないと仕事に差し支えることが多い。例えば手付金、権利金等の額を決める時や売買契約締結は資格者でないとできない決まりがある。

「受付とか試験は、毎年いつ頃かな」

「七月上旬に受付、十月の第三水曜日が試験日だ。問題は五十問で四つの問いから一つを選ぶやり方だ」

「難しいんだろ、その試験は」

「毎年十九万人前後が受験し合格率は一六パーセント前後だ」

「へーぇ、たったの一六パーセント……。俺にはちょっと無理な気がしてきたよ」

「大丈夫だよ、一生懸命勉強すれば取れる。俺は三年かけて合格したんだ。あんただったら間違いなく受かる。俺が保証するよ」

清八は先日、職長から、今の職場から外装関係の部品を作るプレス成形への異動を内示されていた。プレス成形の職場は、音がやかましいし夏場は暑い。

「この正月休みにゆっくり考えてみるよ」

何の根拠もないのに佐々木から資格取得は大丈夫と言われ、清八も転職を考えてみる気に傾いた。


年が明けた。佐々木と行った年末の忘年会は、彼のおごりだった。そのお返しとして、同じ居酒屋で新年会に誘った。顔を合わせるなり、宿題になっていた転職の返事を真っ先に切り出した。

「よく考えたが、君もいることだし転職することに決めたよ。今の職場でプレス部門への配置換えを言われたところだ。隣に鍛造設備があって、騒音と暑い職場で我慢できないと思うし」

「それがいい、昔の俺の連れで大型プレスの職場に長くいて、そのうちに難聴になった奴もいる」

「色々と教えてもらいながら、ついていくつもりだ。宜しく頼むよ」

「そうか、決めてくれたか。そうなら俺も心強い。君が前に言っていたように舌先三寸の商売と悪口も言われる業界だ。売る方も買う方もなかなかの人たちが多い。取引相手の人柄を見抜く力を養うことが肝心だけどな」

佐々木は少し赤みを帯びた顔で唇を先へとんがらせて、業界で学んだ処世訓をもっともらしく垂れた。

堅い話ばかりで二人とも肩が凝ってきた頃を見計らって、佐々木が右手の親指でパチンコ玉をはじく真似をして遊びのほうへ話を変えた。

「ところで、君のギャンブル好きはどうなっている？　相変わらずこれか」

「うん、パチンコの合間にこいこいをたまにやっているが、最近は競輪に通っている。村中区にある村中競輪場へな」

「本当に賭け事が好きなんだな、君は。ああ、話に夢中になって飲み物もつまみも切れている」

佐々木が日本酒のぬる燗を二本頼んだ。その後、この居酒屋の看板料理である手羽先の から揚げを注文した。

「まぁ聞いてくれ。先日、村中競輪でこういうことがあったんだ」

清八は、競輪場で負け続けたことから切り出した。次いで好物のどて煮を食べ損ねそうになった顛末を語り出した。話は、時代の波に押されて衰退していく競輪の歴史まで多岐にわたった。彼は出かけた日、場内の出店でどて煮を食べるのを常としていた。名古屋名物の豚もつが好物で、レースの合間かレースが終わってから、欠かさずその出店に顔を見

せた。競輪場へ度々通い始めた頃のある日
「大将、美味しいね、ここのどて煮。家でも作ってみたいから作り方を教えてくれない？」

店屋の親父に、料理の作り方を教えてくれるように頼んだ。

「あいよ、いいかい、ここにメモ用紙と鉛筆がある。良かったら使ってメモしときな」

気楽に応じてくれた。

「先ずこんにゃくを薄く短冊切り、ショウガは薄切り、ネギは小口切り。それから鍋に水、砂糖、みりん、赤味噌、鶏ガラスープの素を入れ、豚もつ、ショウガを加えて煮る。沸騰したらアクを掬い取る。そこへアク抜きしたこんにゃくを入れて二十五分ほどコトコト煮込む。後は一味の唐辛子で仕上がりだ」

家で教えられた通りに作り店と同じ味をしばしば楽しんでいる。ただし、清八の料理の得意技はこれ一つきりだったが。競輪場では、この店の大将ともう一人声をかけあうおばちゃんがいる。

「元気でやっとる？」

顔馴染みの客や選手にも気さくに声をかけるため、皆から〝元気おばさん〟と呼ばれている坂本貞子だ。場内の人員配置などの差配に熟知している。定年退社し嘱託から今はアルバイトの身だ。この競輪場では、無くてはならない戦力の一人である。

「その日、俺の懐の中の軍資金はまだ八千円ほど残っていたんだ。レースの合間に例のどて煮の店の前で、一皿百円の値札を見ながら食べようか止めるか。大将に顔を見られないようにして迷い、店先をうろうろ歩きまわった。どうしようかなーと迷った」

（どて煮を食っても金は儲からないが、車券も一枚百円。その金もつぎ込んで大当たりするかもしれんし）

もうひとレースやってからにしようと決めた。パチンコ、花札のこいこい、競輪など、とにかく勝負事が好きでたまらない。それに夢中になると止まらなくなる性格がここでも出た。

（負けてもいい。勝負に賭ける醍醐味を味わえればいいんだ。ひょっとして勝つかもしれないし）

そう決心して次の第十レースの車券買いに向かった。一着、二着の順を買う二車単の本命は一着七番選手と二着一番選手。三着までの着順を当てる三連単は七、一、五を大方の専門紙が予想していた。当たった時の配当金は、的中が難しい分だけ三連単のほうが高い。

（よーし、今回は逆張りいこう。一着、二着までの予想は一、七、三着目までのは一、

七、五だ）
今日はこれまでかなりの金を投資し運をかけた。しかし本命や有望視されていた選手が押し切られ、散々な目に終わった。

「これでは、どて煮どころじゃないな。よーし、もう一度勝負だ」

大きな声で独りごちたため、周りの観客たちが思わず振り向いたくらいだった。取って置きの百円まで使い車券を買った。この百円で、最後のレース後にどて煮を食うはずだったのに。

競走路へ出る通路の左側には、かつて多くの窓口を収容していた大きな建物が空洞化して広がっている。発券、払い戻しを手作業で行っていた頃の名残りの施設だった。

観客席に座ると、九人の選手の顔見せが始まっていた。競走路を二、三周し健脚ぶりを披露していた。やがて自転車の後輪を輪にはめた格好でスタートの位置につく。直ぐに風圧除けの役割をする先頭誘導員を一番前にして、レースが始まった。

一周四百メートルの競走路を五周し、タイムの速さを競う。三周半を過ぎると先頭誘導員は抜けて、勝負が始まる。先頭を走る選手は七番、着服が橙色だ。肝心の一番、白服は、先頭から少し遅れた集団の真ん中あたりに見え隠れする。

（これは本命もその逆もダメかな）

清八は諦めかけた。

「ジャン、ジャン、ジャン……」

残り一周半を通過するときに打ち鳴らされる半鐘が鳴り始めた。依然として先頭は七番手、一番は集団のまだ真ん中。ところが最後のカーブの辺りからスルスルっと白服が躍り出てきた。

(行け、行け、一番)

心が躍りわくわくし気持ちが高まってくる。一番、白服が前に出る、出る。直線に並んでいた赤、青、緑の選手をごぼう抜きし、七番と同時にゴールしたかと見えた。

(最後の一発勝負で勝ったかもしれんぞ)

清八が競輪に通うのは、こうした興奮した魅惑の瞬間が味わえるからだ。しかし期待はまたもや裏切られ、結果ははずれた。本命通りの七、一と七、一、五で決まり、財布の中には帰りの電車賃しか残っていなかった。

(畜生、どて煮を食いそこなったな)

「情けない。最後の百円で食っておけばと悔しかったよ」

清八は、ほぞをかんだ。

「最後の百円までもつぎ込むなんてお前らしいな。でもそれは自業自得というやつで、仕方がないだろう」

「そう言われれば元も子もないな、ギャンブルを止めよということかな。でもそれは出来ないし」

佐々木は突き放したような口ぶりで同情しなかった。清八は思わず、深いため息をついて盃をあおった。

「だがな、その日にどてでは、食えたんだ」

清八が、意外な言葉を挟んだ。

「どうして車馬賃しかなかったんだろ……」

佐々木の反論に対し、想定外の人との出会いで、話の続きが始まった。

「あれ、大沢さんじゃないか、どてを食べ損ねたような浮かぬ顔をしている。今日もやられたのかい、元気を出しなよ」

声をかけてきたのは〝元気おばさん〟の坂本貞子だった。

「どうしてわかる?」

「そーら、ちゃんと顔に書いてあるじゃん」

「お察しの通りだよ、最後の百円までも使ってしまった。後からと思っていたのに食い損ねたという訳よ」

「おやまあ、だらしないけど、あんたらしい賭けっぷりだよ。何しろ一直線の人だからね、今日は特別に私がおごるよ」

そう言って五百円硬貨をポンと手渡してくれた。空っ腹にどての味噌味、酒があれば最高だが、ここは我慢のしどころだった。

「おばちゃんに一度聞いてみたかったんだが、ここに入って何年になる？」

「新制中学校を出て市役所に入り、三年後には、競輪場へ配置替えされたんよ」

「そうか、市役所に入って競輪場入りか」

「市役所も競輪事業者の一人だよ。ここの売上げの多くが市に入るから、配置替えがあってもおかしくはないさ」

坂本は、確か六十代半ばと聞いたことがある。ここで五十年近く働いていることになる。習字を習っていたから字が上手い。レースの入賞者の名前を賞状に書いたりしていた。総務課のこまごました仕事は、何でもこなしてきたという。

「上の人は異動で替わっていくし、現場へはあまり来ないからね」

坂本は、細い眉毛、少し上を向いた鼻と少しばかりの出っ歯も気にする様子もない。明るい口調で身の上話をしてくれた。その口ぶりは、現場のことは任せてと自信に満ちていた。

「前から気が付いていたけど、競走路へ行く左側に大きな建物がガランとしたまま閉じているな。あれは、以前の窓口販売所で最盛期の遺物だな」

清八の問いに
「そうよ、競輪の繁盛したのは昭和四十年まで。それまでは発券、払い戻しもあの窓口で人手によりやっていたの。人海戦術というの、若い女子をいっぱい雇ってね。でもそれ以降は、競艇が機械式発券にいち早く取り組んだ。競輪は押されてお客さんが減るばかり。だから経費節減で私のような年寄りも働かせてもらえる訳。分かった？　大沢さん」

坂本が愛嬌を振りまき、清八もそういう歴史の中で彼女が生き残ってきたことを初めて知った。

「良いおばちゃんだな、でも今度会ったら何らかのお礼は忘れるなよ」

佐々木の忠告でその日の飲み会はお開きとなった。


その後数日して清八は、佐々木の叔父が経営する丸一不動産で、社長の三浦雄一郎の面接を受けた。三浦は佐々木の母の弟だ。ずんぐりむっくり、精悍な面構えで髭剃りの濃い痕が目立つ赤ら顔。社長が、見かけに似合わない細い声でしゃべり出した。

「大沢君、うちは株式会社だが、個人企業みたいなものだ。最初の一年は、この業界に慣れてもらう見習い期間と思ってもらえば結構だ。手伝いながら段々と覚えてもらえばいい。君の仕事の一つは、うちが委託されている三カ所の駐車場の管理だ。利用者の入れ替わりは頻繁にはない。料金は銀行振込みでそんなに手間はかからないはずだ。後は土地の売買のあっせんのお手伝いをしてもらう。勤務日だが、普通の会社勤めと違って日曜祭日も相手の都合で仕事が入る。その埋め合わせは、平日に休んでもらえばいい。給料だが、今の会社の月給は保証する。その代わりに早く宅地建物士の資格を取ってくれよな」

佐々木が数年来宮仕えした見聞によれば、三浦は、何かを思いつくとすぐに実行するやり手。だが先の見通しが付かないと直ちに止める、速戦即決型の企業家らしい。

「分かりました、頑張るつもりです。ただ、その資格について、私でも取れるかどうか心配で……」

「まぁ今年は仕事優先で、取るのは二年目からの挑戦でいい。但し入社して三年以内に資格が取れないと困ることになる。毎年春に行っている昇給を保留するから、覚えておいてくれ」

それから清八の履歴書をゆっくり見ながら社長が

「高校は商業科だったな。それから専門学校で自動車の整備コースか。簿記もできるくらいなら大丈夫だ。浩二だって工業高校だったが、ここに入ってから三年目で取れたんだから」

ということは、三年がかりで取得すれば問題ないことになる。内心ホッとした。

それからすぐに勤め先を辞め、丸一不動産に入った。清八はその夜、夕飯時に珍しく早く帰って子供らと一緒に食卓を囲んだ。

数日後、丸一不動産に出社すると、社長から名刺を渡された。大沢清八の名前の下に「丸一不動産営業部課長代理・主事補」とある。

「主事補って何ですか」

「それは社内の身分規定で、手当てが付く。働き方次第で主事補、主事、副参事、参事、理事に昇格、理事は役員になると自動的になれる。職制、身分も昇格するにつれて手当が増える」

会社の規模にしては大げさな身分制度で、びっくりした。

「でも大丈夫ですか、営業部課長代理という肩書。営業先で部員は何人ですかと聞かれて、実は部下が一人もいないとは言えないし」

「そんなこと聞かれるはずはないが、もしかの場合は若干名と言えばいい。営業で会社を訪問した時に、肩書がなくては恰好が付かないだろう」

社長の説明に清八はうなずいた。

実際の仕事に入ると、売り物件、買い物件が沢山あった。けれども簡単に売買は進まないことが、業界に入って分かった。今は、懸案の資格取得を最優先にしなければならない立場だ。

入社して二年目になった。宅建士合格のための方法としては、独学、通信教育、通学の三通りがある。先ずは費用が掛からず自分の都合で勉強が進められる独学を選んだ。とりあえず、教材となるテキストを買った。それに対になっている過去問題集は、佐々木に教えてもらい手に入れた。この過去問題集は、十年間分掲載されている分厚いものだった。

「テキストは黒の一色刷りのものより、カラーのものが記憶するのに役立つ」

佐々木の助言で少し高かったが色刷り本を選んだ。

「過去問は、最低三回は解いてみるんだ。解けなかった問題に印を付ける。二回目以降はそれらを重点的に勉強することだ」

「わかったよ、それこそ問題は、どうやって試験に備えるかだ。とにかくパチンコ、競輪などの遊びは諦めて暇を見つけて図書館へ行く」

清八は夏までにテキストの勉強を重点的に行うことに決めた。一日に過去問題のうち十五問を解くことも課題にした。九月以降は、最低二回は模擬試験を受けてみる。そういった学習計画を佐々木に説明した。家が狭く勉強場所がないため、今まで無縁だった図書館利用を思いついた。幸いなことに市立の図書館が、自宅に近い場所にあった。

桜の花が散る頃の四月中旬になって、本気で勉強を始めた。何しろ生活がかかっている資格だからやらざるを得ない。仕事中の空き時間と終業後から午後七時の閉館まで図書館通いをし、帰宅後もできる限りテキストに目を通すように心がけた。

「あんた、人が変わったみたいに真面目になったわね」

時子は様変わりした夫の姿に、結婚後初めて心の安らぎを覚えた。内心では、すぐに試験に受からないほうが平穏な家庭生活が送れると望んだくらいだった。しかし、梅雨が終わり夏本番を前にして、清八の集中力に陰りが出てきた。早めに帰宅したある晩のことだ。

(まだ、九月までには時間がある。夏から馬力をかけよう。疲れたな、久しぶりに一杯やろう。今日だけで明日からまた止めればいい)

そう自分を慰めて家に帰ると、断酒していた晩酌に手が出た。すると眠くなる。また明日頑張ればいいと言い聞かせる。勉強はしないで床につく日が多かった。次の日の夜になると

(酒は今夜だけで、また明日からやめればいい)

また次の夜
（もう一晩だけ、明日から止めよう）
そう言い聞かせてまた飲んだ。真夏が過ぎる頃、飯台に好物の刺身や焼き肉が出ると気が変わる。喉ごしの心地よい味をよみがえらせる日々になった。
その後、佐々木の担当だったマンション全体の管理業務を任されるようになり、勉強の時間が取れなくなってきた。会社で佐々木に注意され、また勉強を再開し九月までに模擬試験を二度受けてみた。しかし全然合格ラインには達していない。この年の受験は諦めざるを得なかった。

やがて三年目の年が明け、清八の転職四年目の春になった。出社してすぐに、社長の三浦から呼び出しがかかった。社長室の扉を開け頭を下げ中に入った。三浦が金縁の眼鏡枠をずり上げながら、言いにくそうな口ぶりで切り出した。

「わが社では、よほど業績が悪くならない限り昇給を行っている。毎年春にわずかばかりだがな、今年もその時期になった。ところで君の場合、入社の時に言ったように宅地建物取引士の資格を取れていない。見送りにさせてもらう。いいかな」

それだけ例の早口で言うと、顎を少し上にあげ横目で清八の視線を外した。

「ええ、それは分かっていますから文句はありません。お役に立てず申し訳ありません」

清八は立ち上がって社長に向かい頭を下げた。

「仕方がない、佐々木だって三年かかったんだ。今年頑張ってくれればいいよ。でもそうしないと仕事に色々な支障が出てくる。何か妙案はないのかな」

「一人でやる勉強は何かと難しいんですね。よほど意志が強くないと。家が狭くて図書館で勉強するようにしてたんです。でも午後七時には閉まってしまいますし。風呂の中での勉強が効率的だと本には書いてありましたが。子供と一緒入ると、長湯すればのぼせてしまうし。困ったもんですわ」

いつも今晩だけだと自分に言い聞かせている。そう言いながら晩酌が止まらなくなったことは伏せておいた。両腕を組み思案顔で取り繕った。

「社長、今年は、休みの日を利用して専門学校の主催する短期養成講座に通います。それと並行して登録実務講習を受けながら頑張ろうと思います。何か強制力というか、枠をはめてその中でやり抜かないと。金もかかりますから後がない立場に自分を追い込んで、初志貫徹といきます」

これだけ一気に言って、正面から社長の顔を見据えた。

「いいじゃないか、そのやり方で。確かその実務講習を受ければ宅建士試験の科目免除があったはずだな」

「はい、『その他の法令』八問のうち五問が免除されるそうです」

「そうだったな、もう忘れていたが思い出した。頑張れよ」

（もう、がむしゃらにやるしかないいな）

そう決意して社長室を後にし、佐々木の隣にある自分の席へ向かった。

「社長と何かあったか？　浮かない顔をしているな」

開口一番そう言われたが、昇給無しの話も言い出しづらく
「例の宅建士の話だが、今社長に、今年は短期養成講座と登録実務講座を受けると言ってきたところだ。そうしたら佐々木君によく聞いておけと言われたのさ」

養成講座は三カ月コースで、決められた進行表に従って行われる。問題集をこなしテストの実施や答案の返却などがある。

「社長が俺に聞いてくれと言ったそうだが、自分は通信教育でやったからこれ以上君に助言する立場でもないいし。人それぞれに一番あった方法でやるのが良いんじゃないかな」

佐々木は自分の受けた通信教育の経験はさておいて、清八のやり方に理解を示した。

「実務講座というのは、二カ月の通信講座を受講した後、二日間のスクーリングがある。つまり教室での授業で終わるから難しくない。養成講座に加え購入済みの通信教育の教材

をしっかり復習したらどうだ。テキスト、問題集のほかに講義テープの付いているのがあったな。テープなら仕事中でも車の中で聞けるから効率的だよ」

清八は佐々木の助言を基に、色々な対策を練った。その第一は、断酒を節酒に切り替えた。週のうち飲む日は二日とした。回答対策では、難問は最初から捨てる戦術を取る。また車の中や家でテープを聞くことに専念した。短期養成講座の良い所は、自分の学習水準がどこらあたりか分る点にあった。前年とうって変わって真剣に取り組んだ。

そんなかいもあって、準備万端で試験に臨むことができ、十二月の第一水曜日にあった発表で合格となった。

その後、愛知県知事に宅地建物取引士の登録を行い、晴れて宅建士資格証の交付が得られた。

第三章　院長宅隣の土地買収で失敗

それから数カ月経った春のある日のことだ。清八は、交通の便の良い閑静な住宅街で二百五十坪の宅地が売りに出たという情報を得た。私鉄の駅から歩いて三分くらいの距離で、その駅から名古屋市中心部の栄まで十五分。この辺りでは、滅多に空いていない格好の土地だった。情報をくれたのはG仲介業者で、特に問題になるような条件はないという話であった。

直ぐに現地を訪れると、確かに私鉄の駅から三、四分ほどで立地条件は申し分ない。その土地の前に「売り土地」として東洋ハウスの看板が立っていた。もうすでに商売敵の先客がいた。

予定地には、東西に走る一方通行の市道がある。西隣は大邸宅の屋敷に接しており、樹々が茂り林というより小さな森といった感じであった。

物件の情報を知らせると社長が
「大沢君、すぐにこの物件に当たってくれないか。南だれでかなりの傾斜地だが更地にすれば問題ない。駅近で申し分なしだ。前の道路幅が五メートルで狭く、おまけに一方通行だ。マンションを建てるには狭くて駐車場が取れないから、戸建てが四軒かな」

三浦社長が清八の持ってきた図面を見ながら言った。そして、この土地を購入するための下交渉を頼まれた。社長は、さすが年季が入っただけのことはある。即座に完成後の青写真までが口に出る。

「何かややこしい話はないだろうな」

「はい、仲介者からは何も聞いておりません。ただ東洋ハウスの『売却予定地』の看板が立っていました」

「そうか、先ず地主さんとの交渉を優先して早く話を進めてくれ」

目当ての土地の東隣は、大きな二階建ての民家だ。西側にはこんもりした森のような小山がある。その中に直ぐ近くにある金城病院の院長宅があった。それで社内では、この物件を〝院長宅の隣〟と呼ぶことにした。清八は仲介業者の話を鵜呑みにした。近所の聞き取りは後回しにして、問題のない土地だと社長に伝えてあった。

その翌日、交渉のために近くに住む地主の大場健三らしき宅を訪れた。分限者らしい大きな門構えだ。邸内の駐車場にはベンツとトヨタのクラウンが見えた。百五十坪くらいの敷地に二階建ての屋敷と枯山水の庭が広がっている。所々に咲く花桃の深紅が色鮮やかだった。午前中の一回目と二回目の訪問にも応答がなく、留守のようだった。

二回目の訪問時、黒い車が清八の前に止まった。向かいに住む人の運転する車が車庫入れするためだろう。ハンドルの切り返しを繰り返していた。目指す大場さんらしき家の表札には「大場」としか書いてない。しかもその隣の二軒も「大場」である。最も大きな屋敷を大場健三と推測しての訪問だった。

「すみません、ちょっとお聞きしますが、ここが大場健三さんのお宅ですよね。並びの三軒の表札が大場さんばかりでわからないので」

車の窓越しに尋ねた。

「そうですよ、隣は妹さん、その横の家は弟さんの家です。最近留守が多いようだから、夜のほうがいいかも知れません」

愛想よく答えてくれて、三日後の訪問につながった。この町内のかなりの部分を大場一族で占めていることが分かった。

目当ての大場さんは、細長な顔の下顎付近が下膨れし、ひょうたんを逆さにしたように見える。変わった風貌だった。額の上の皺から思うに六十代後半に見えた。第一印象は、鋭い目つきであった。まるで警戒心を抱いた猿ににらみつけられたような威圧感を覚えた。

「あの土地は、父親から譲ってもらったものだよ。次男のためにと売らずに持っていた。その子が京都で就職し地元へは戻らないから、手放したいんだ」

ぶっきらぼうに言い放った。

「東洋ハウスさんの看板が立っていましたが……」

「ああ、誰かいい買い手をみつけると、先方から申し出があったからな。こちらは条件のいいほうを選べるから、おたくの看板を出してもらうのは歓迎だよ」

そんな話から早速、測量と地盤調査を専門の会社に依頼した。丸一不動産に出入りしている業者であった。社長は、間もなくまとまった報告書に注意深く目を通した。さしたる問題はなく、話はとんとん拍子に進んだ。

大場さんによれば、東洋ハウスとの話もかなり煮詰まってきているという。それでは先を急ごうということになって、詰めの話し合いを急いだ。社長からは

「地盤、正確な面積、両隣との境界杭の在り場所などは問題ない。このほかに何か気になる点はないだろうな」

改めて確認があった。清八は仲介業者の言葉をそのまま信じ

「特に問題になるようなことは、地主さんからも聞いておりません」

と答えた。

最終的には十二月二十四日、クリスマスイブの日に契約書に署名を交わした。売却代金は五千万円、支払日は翌年三月九日に決まった。結局、近隣の家の聞き込みをしないで契約した。これは即決型の三浦社長の性格のなせる業だったが、これがのちに問題を残すことになる。


その後三浦社長は、懇意の大門建設に話を持っていき転売の話をまとめてきたという。

「大沢君、大門建設の大角社長の話ではな、傾斜地を崩して道路とほぼ同じ高さまで整地する。その上で北側の一番奥と東西の隣地にコンクリートの擁壁を建てる。そうして道路側に二軒と擁壁の前と西側に一軒ずつ建てる計画だ。既に二軒の買主のあてはついているそうだ」

大門建設は、地元ではマンションや戸建てを手掛ける準大手開発会社として知られていた。

「へー、そんなに話が進んでいるんですか」

清八は、右のポケットから煙草とライターを取り出しながら、三浦社長の無精ひげの目立つ口元を見つめた。煙草の煙の後ろで社長の顔がぼんやりした。

「ここまではうまくいったが、近隣との関係がどうなっているか気になる。図面で見る限り、東隣りとは塀を接しているだけで問題はなさそうだ。西隣の大きな邸宅の主が何と言うか。庭の類ではなくちょっとした森になっているな。樹木を切るのに了解も取らねばならん。何と言ったかな、その家の人の名は。ああ、金城さんだったな、問題はないと思うが、近所の人達の評判も聞いてきてくれないか」

現場の写真を見ながら社長の指示が飛んだ。

金城建夫は、自宅から目と鼻の先で経営する金城病院の病院長だ。病院の建物は鉄筋五階建て、近隣や私鉄駅などにある案内板を見る限りは、総合病院になっている。内科、外科、脳神経外科、放射線科、アレルギー科、歯科のほか救急患者受け入れも、とある。

問題の土地の目の前には、小森という戸建てがあった。清八は、ある日の朝呼び鈴を押した。

「こんにちは、ちょっとお伺いします。丸一不動産の大沢と言います」

応対に出てくれたご主人は、中肉中背、温厚そうな丸顔で細い眉毛に小さな鼻、中小企業の社長さんといった風貌だった。名刺を見ながら
「ああ、お宅ですか、この土地を買われるのは」

「地主さんとの話し合いはほぼ済みました。お金の支払日も決まりました。それでお隣の金城さんなんですが、どんな方かお聞きしたくて参りました」

「隣との話し合いは、まだされていないんですか」

小森は不思議そうな顔つきで改めて清八の頭の先から足元まで見つめなおした。

「はい、これからです。仲介の方が問題は何もないと言っていたので信じてしまって。地主さんとの契約を優先していました。ご挨拶だけはしていますが、ご不在でした。どう話を持っていったらいいか思案中ですが……」

「何だか順序が逆のような気がしますが」

「と言いますと?」

清八の問いに
「つまりね、金城さんのとの話をかたづける。それから地主さんとの話し合いに入るべきと思っただけです。まぁいいでしょう、お宅らはプロですから。聞いて下さいよ。金城さんは確か八十七歳と聞いていますが、なかなかの人物ですよ」

こう切り出して、小森が口を開いた。

「奥さんを昨年に亡くしたと聞いています。広い屋敷にお手伝いさんとの暮らしだそうです。それから落ち葉のことをお話ししましょう」

落ちついた丁寧な話しぶりだった。

「秋から木枯らしの吹く冬にかけた時期の話になります。金城さんの屋敷に沿って塀がありますね。その塀沿いと私の家の前に降ってきます。落ち葉がね」

「落ち葉が落ちてくるんじゃなくて、降ってくるんですか」

「そうですよ。うちの前には、大場さんの敷地がありますが、生えているのはほとんどが常緑樹です。院長宅地とは隣り合わせです。院長宅の中に生えているクヌギ、ナラ、トチノキ、ケヤキなどの落ち葉が降ってきます。北風が強い季節になると降ってくるんですよ。ええ、そうです、ご覧になって分かるでしょ。落ちてくるんじゃなくて降ってくるんです。今日はまだいいほうです。風の強い日などは絶え間なく降ってきます。風の向きによりますが、西の方から吹くと吹き寄せられ、私の家の前に帯状に広がるんですよ」

小森さんは一気にそう言いながら、反対側の道路の縁まで進んだ。その当たりで溜まるであろう堆積する落ち葉の様子を、両手で再現してくれた。日頃の不満が、よほど溜まっていたのだろう。

「成程ね、それでその落ち葉の処理は誰がするんですか?」

「金城さんの敷地の反対側、つまり南側に家が数軒ありますね。その家の前だけは、迷惑だからと人を雇って、二日に一度は掃除をしていますよ。自宅の敷地前は、無論きれいになっています」

「そうするとお宅の前は？　金城さんとの境界線は越えていますよね。誰かがやってくれますか」

「五年くらい前までは、金城さんが雇った掃除のおじさん、六十代くらいの人でしたが、私の家の前もやってくれました。その次の人、彼はその前任者の息子さんと聞いていましたが、やはり金城さん側から吹いてくる風の為もあるからと、きれいにしてくれました。その後に替わった人は、七十代くらいの男の人ですが、全くやらないんです。苗字は聞いていませんから仮にその男を浅井さんとしましょう」

その病院の駐車場には、浅井さんが乗って来るＢＭＷ社製の車があった。

「それでどうなったんですか」

清八は思わず身を乗り出して、小森の浅黒い顔を見ながらＢＭＷ持主の回答を待った。

「『私は、金城さんの敷地内と反対側の家の前だけをやるように言われています』なんて言うんです。だから言い返しましたよ」

「しかし見れば分かるでしょう。落ち葉に色を付ければはっきりするはずですよ。院長宅地から大量の落ち葉が大場さんの敷地と塀際に降ってきます。無論うちの前にも飛んできます。おまけに院長宅塀沿いに溜まっている落ち葉までが西風でこちら側へ吹き寄せられるんですよ。それが分かっていたから、前の人は親子ともに私の家の前も掃除をしてくれましたよ」

そんなやり取りがあった数日後、浅井さんいわく

「この道路は市道だ。だから落ち葉の処理は、区役所へ頼んだらいい、先方にそう伝えてくれ」

と金城さんの代弁をした。頻繁ではないが、この空き地の持主、大場さんの依頼で四カ月に一回くらい、軽トラックに乗った丹羽と名乗る中年の男性が掃除に来る。鉄線で網状になった垣根沿いに朝鮮朝顔や偽アカシアなどが自然生えしている。季節によっては目を見はるばかりの勢いで伸び市道の上にまで垂れる。見かねて小森さんは、仕方がなく掃除をしながら朝鮮朝顔等を刈っているという。

丹羽さんはいつも小森さんに言っている。土地の持ち主である大場さんに「小森さんが掃除をしたり、幼木を切っていますよ」と伝え済みだと。

小森さんが十六年前にここに家を新築した時は、工事の前に隣の人に「二階の樋に落ち葉が溜まって、雨水が流れなくなります」と教えられた。

それでわざわざ樋の上に金網を張りめぐらせたと、彼の愚痴が続いた。

「金城さんは、秋から年明けまで毎月掃除の人に数万円は払っているでしょうね。そう

したら私も、大場さんからなにがしかのお金をもらってもおかしくないでしょ」

「ええ、そう思いますよ。それで先方へ手間代を請求されたことはあるんですか?」

清八が煙草を取り出しながら尋ねた。

「それがね、うちの二軒東に大場さんの義兄が住んでいます。同じ町内のことですからね。近所付き合いということもあります。金に意地汚いと思われたくありません。その義兄さん夫妻には、落ち葉の苦情を言っておりません。見れば分かることなんで。私が苦労していることは、先刻御承知だとは思いますがね」

「そうですか、中に入ってみると色々とややこしい事柄があるんですね。金城さんの人柄はわかりましたよ。難しい方なんですね。明日にでもお邪魔してみます。ああ、もう一つ伺っていいですか」

「どうぞ、わかることなら」

「あの病院ですが、こちらへ来る時に入口の前を通ります。ただいつも受診する人の姿が見えないんで、大丈夫かなと」

「誰も診察に来る人はいませんよ。あの病院には」

「救急外来もないんですか」

「救急車は十数年も来たことがないと思います」

「でも建物は大きいし総合病院みたいに見えるのに。どうして外来患者がないんですか」

清八は、腕を胸の前で組んだまま右足を貧乏ゆすりしながら聞いた。

「それは、安心して診察が受けられないからですよ。救急患者が誤診で亡くなったことがあります。それ以来、評判が一気に落ちましたね」

小森は口先を少しばかりつぼめた。顔を病院の方向へ向けながら小声になった。

「それじゃあ病院が赤字で持たないでしょ。でもずっと続いているのは不思議ですね」

「それはねー、入院患者は生活保護利用者を集めています。それで経営を成り立たせているんですよ。毎月の生活保護費から入院費が確実に取れます。患者もホテル代わりに住めるから、双方にとっていい訳ですよ」

翌日、清八はおおよその情報を仕入れ金城院長宅へ向かった。
「お宅か、うちの隣に家を建てて売りたいというのは」
丸一不動産の名刺をちらりと見た。金城建夫と名乗った男は、八十歳代後半に見える。皺のよった細面の顔。半分はげかかった頭に残った髪は白い。清八は、見るからに意地の悪そうな人柄に気後れし
「地主さんとの交渉の前に一度お邪魔しました。お会いできなくてすみませんでした。

お宅の敷地の西隣の塀からこちら側へ出ている樹々を切らせても下さい。更地にして戸建てを四軒建てる計画です。宜しくお願いします」

ぼそっと言うのが精いっぱいだった。彼は、眉間にしわを寄せながら不機嫌そうな口ぶりで
「枝を切るのは自由だが、境界線ギリギリまでだ。葉っぱがいくら落ちようと、傾いている木が倒れても知らないよ。そういうことに文句をつけないなら、好きなようにしてくれ」

ぶっきらぼうに言い放ち、名刺もくれなかった。手土産に持参した菓子折りも突っ返され、ほうほうの体で退散した。

「社長、東隣の金城さんとの話、うまくいきませんでした。落ち葉のことや台風で木が倒れても知らない、そう言って聞かないんですよ。境界線にある塀に沿って大きなクヌギやナラが並んでいるんですがね」

「それは困ったな。君の話だと相当な落ち葉の量らしいな。こちらが建てた家の雨樋にたまると、詰まってしまう恐れがあるな」

「その件ですが、物件の前にある小森さんは、それを防ぐために二階の樋の上に金網を張ったと言っていました」

「そうか。しかし樋の対策くらいでは済まないぞ。この落ち葉の件は、隣接する院長宅内の樹々を相当に切らせてもらわないと解決は無理だな」

「境界線ギリギリまでしか木の枝は切れませんから。秋から冬にかけて、建てた家の周りに大量の落ち葉が降ってきますよね」

清八が申し訳なさそうな顔つきで釈明した。

「土地を買うお客さんに、落ち葉の件で完全な了解を得なければならん。地元で商売をしている以上、隠して売るわけにはいかないだろう。後から裁判沙汰にでもなったら大変だし。大体そんな因縁付きの土地の物件を、大門建設に持っていくわけにはいかんな。院長と話し合うのはできないんだろ。こちらが甘かった」

「地主さんとの話し合いに気を取られていました。金城さん宅の林にこんな問題があるとは。気がつかず申し訳ありませんでした。その頃はまだ樹々が青々としていて、落ち葉がこんなに降ってくるとは想像もできなくて……」

清八は両膝に手をついて神妙に頭を下げた。暫く沈黙が続いた。

「当初、東洋ハウスとの対抗上、地主さんとの話を優先するように進めた俺にも責任がある。隣の落ち葉がこんなにややこしくなるとは想定外だった。よし、この話はなかったことにする。明日にも大場さんにその旨を伝えてくれないか」

社長の一言でこの交渉は終わった。清八はホッと胸をなでおろした。

翌日、大場さん宅を訪れた清八に

「手付金は払わないと言うから売るかどうか迷った。お宅は、最後はそれに見合う措置を取ってくれると約束しましたね。契約書も交わしているし。それがお宅のほうから契約を破棄するって。それはないよ、丸一さん。支払日は明日と決まっているんだよ」

顔が少し紅潮して目の縁が赤くなっている。そりゃあそうだ、契約書はお互いが署名している。内心はそう思ったがこちらも商売だ。はい、そうですかと引き返すわけにはいかない。それが宮仕えだ。

「誠に申し訳ありません。社長が、このままでは家は建てられないから断るようにと。何とかよろしくお願いいたします」

「よろしくって言われて、はい、そうですかとはいきませんよ。じゃあ、これから弁護士さんと相談してみる。今後どうするか決めるから。今日はこれくらいで」

大場さんは憤然として清八の背中を押し、玄関の戸を大きな音をたてて閉めた。相当な怒り様だが、相手の身になれば致し方ないだろう。清八は、首をすくめて下を向きながら大場さんの屋敷を出た。

数日経ったある日の午後、会社に大場さんから電話が入った。

「はい、丸一不動産の大沢ですが」

「おお、大沢さんか、ちょうど良かった、大場です。先日の件ですが、名古屋地方裁判所へそちらの契約不履行で訴えることになった。とりあえず伝えておくから」

「ええっ、名古屋地方裁判所へ提訴ですか！　ちょっと待って下さい、社長に替わりますから」

しかし清八の返事も聞かずに、電話は一方的に切られてしまった。

「民事裁判だって、まずいことになったな。そうなればこちらも弁護士を立てねばならんな」

電話を取ろうとそばに来た社長が顔をしかめた。

「民事裁判って何ですか？　ほかに別の裁判があるんですか」

清八は裁判のことは全く知識がなく、戸惑いの表情をみせた。社長は、民事裁判が私人間の争いで訴えた人が原告、訴えられた人が被告になること。そうした紛争に対して裁判所は、法律的な判断をして解決を図る。これに対して刑事裁判は、国家を代理する検察官が調べる。犯罪を起こした疑いのある人が、本当に罪を行ったかどうかで起訴され裁判を起こすなどと説明した。

「へー、そういうものですか裁判って。そんな風に裁かれるんですか。知らなかったです。いい勉強になりました」

清八は頭をかきながら、頭を二、三回下げた。

「何も知らなかったということは、これまでもめごとに関わりがなかったということだ。知らなくって良かったけど、これからはそうもいかんぞ。こちらも作戦を立てて裁判に勝たなきゃいかん」

「そうすると今回は、大場さんが原告、丸一不動産が被告ということですか」

「そういうことだ。だいぶ前に一度頼んだことのある大浜弁護士にお願いしよう。来週あたり先生の都合の良い日を聞いて一緒に事務所へ行こう」

三浦社長は金ぶちのメガネを右手で押し上げ、閉じた唇を右の頬の方へぎゅっとねじり上げながらつぶやいた。すると右の瞼がほとんど閉じたままのようになった。

「宜しくお願いします」

清八は、片目のようになった社長の顔を見ながら頭を垂れた。自分が手掛けた案件だったから責任を感じ、椅子から立ち上がったまま謝った。

大浜法律事務所は、丸一不動産から歩いて七分ほどの場所にある。私鉄の終着駅前の広場の一角に建つビルの三階にあった。三階の窓には、「民事全般　相続　離婚・慰謝料債務整理」の案内表示が見えた。

「まぁ、お座り下さい。大浜磯一です、宜しく」

大浜は、大柄で細い眉毛に大きな目玉、両耳の下まで延ばした揉み上げが特徴的だった。事務員が差し出したお茶を一口含むと切り出した。

「事のあらましは、三浦社長から電話で聞きました。三浦さんの会社とは、随分前に一度仕事をさせていただきましたね。でも今日は若い社員さんも見えます。裁判のおおよその流れを説明しておきましょう」

大浜によれば、暫くして原告の小森が提出した訴状が、裁判所経由でこちらに届くという。それに従って当方から答弁書を提出しなければならない。その後、裁判所から口頭弁論の期日が決まり審理となる。その審理でどちらに理があるか、裁判官が判断する流れだ。

「何かわからないことで質問がありましたらどうぞ」

清八が手を挙げて尋ねた。

「口頭弁論では確か、準備書面が必要でしたね」

「そうです。双方が主張したいことを言い合う訳です。期日前には、次の口頭弁論でどういう陳述をするのかを記した書面を出さねばなりません。証拠書類があればそれを付けてですが」

「裁判所で訴える内容を文書で出す……。そんなこと、僕にはできませんよ」

清八が頓狂な声を出した。

「君には経過を聞くだけです。私が書くから心配しなくていいですよ」

弁護士の執り成しで清八は安どの表情を浮かべた。

「ただね、土地の売買契約書が交わされている。契約金の支払い日の一日前の破棄でしょ。こちらが不利な点はそこですよ。交渉を担当したのは大沢さんでしたね。契約解除の理由が西隣の地主、金城さん宅からの落ち葉ですね。このことは事前にわからなかったんですか」

「ええ、全く知りませんでした。地主さんと話し合いが始まったのは、葉がまだ緑の頃でしたからね。話の最終段階で樹々が紅葉し始めました。その頃お邪魔した当該物件の真向かいのお宅で、初めて落ち葉のことを耳にしました。小森さんと言いますが、更に北側にある水野さんからも聞きました。それで冬場に落ち葉が大量に降ってくることが分かったのです。その時点で、落ち葉の処理をめぐることなどで問題があることも分かりました。金城さんの偏狭な気質も初めて知ったんです。でもその頃は、契約書の大筋では合意していましたから。話を戻すことは考えませんでした。金城さん宅に隣接する樹々を切らせてもらうこと。その交渉を丁寧にやれば解決すると思いこんでいましたから」

「成程ねー、それで金城さんとのやり取りがうまくいかず、契約破棄に至ったという訳ですね」

大浜弁護士が立ち上がった。両腕を胸の前に組みながら二、三度首を横に振った。

「地主の大場さんの自宅はどこですか」

「その物件から確か歩いて七、八分のところだったたな、大沢君」

三浦社長が清八に確かめた。

「あなた方のお話によれば、その大場さんの義兄が、小森さんの東へ二軒ほど離れたところに住んでいらっしゃるのですね」

「はい、そうです。『私が毎日落ち葉で苦労していることを当然、二軒隣りの義兄は知っているはず。地主の大場さんにも伝わっていると思う』と、小森さんがこぼしてみえました」

突然、清八は何か重大なことを思いついたか、大浜を見据え大きな声をだした。

「先生、こういうことでどうですか。地主の大場さんは、金城さんともども地元住民だし、同じ小学校区です。小森さんが落ち葉対策で苦労していることが、義兄から耳に入っていてもおかしくないですよね。近所で悪評高い金城さんの言動も含めてですが。繰り返しますが小森さんは、以前から金城さんの依怙地な態度に困っています。落ち葉処理の件で訪れる丹羽さんに小森さんは、『小森が苦労して落ち葉を掃除している』と何度も伝えるように頼んでいます。だから売買契約書を交わす前に、その点について大場さんが言うべきであった。そういう事情を我々に触れて当然だと思います。それを言わない。だからこちらは、不利益面を知らされないまま買わされた。従って買い手のつかないような問題点を隠していた。契約破棄にはやむを得ない事情がある」

清八は反論の主張を滔々と論じた。

「いやー、言うね、君も。確かにそういう理屈は成り立つ。だが、それでいけるかどうか」

三浦社長がやや冷めた口調で大浜を見据えた。

「大沢さんの主張は反論材料の一つにはなるでしょう。でも大場さんが取引上で不利になることを言わなかったとしても、それが裁判の決め手にはならないでしょうね」

「そうですか、やっぱり素人の考え方では限界がありますね……」

清八は肩を落とした。

証拠とか証人調べもなく、書面調べで一年ばかりかかった裁判は、終わりになった。裁判長から、丸一不動産が事前に近隣の聞き込みをせずに契約した点について

「相手は素人です。プロらしからぬ対応」

とずばり指摘され、丸一不動産が買い取らねばならない羽目になった。

桜のつぼみが膨らみ、新聞に桜だよりが載る日も遠くない三月下旬であった。清八は、裁判所で決着がついた次の日、社長室に呼ばれた。開口一番

「まあ、予想した通りの結果になって残念だが、仕方がない。こちらが訴えられた。だから最後まで付き合っただけだ。今回のことは、これからの教訓材料として生かしてくれよな。もっともこれから土地の価格はまだまだ上がる。土地を担保に銀行はいくらでも金を貸してくれるから、持っていても損はない。禍転じて福にしようや。なぁ、大沢君」

「はい、そう言っていただければ私も助かります」

さばさばした調子で言われ、清八はホッと胸をなでおろした。

「大門建設のほうはいいんですか。戸建て四軒の話が駄目になって」

「ああ、問題ないよ。大角社長とは懇意だし、こういう物件があると言っただけで正式な約束事はなにもないから、大丈夫だ」

「大沢君、話は変わるが以前、金城病院へは誰も診察に訪れないと言っていたな」

「はい、そのことは小森さんから聞きました。私も自分の目で確かめていますから間違いありません。生活保護受給者によって成り立っていることも申し上げましたよね」

清八は、なぜ今になって社長が病院経営のことまで立ち入るのか不審に思った。

「私が聞いているところでは、常駐の医師は例の大先生だけだ。後は外来が日替わりで診察することになっているらしい。患者が寄り付かない理由もそこにあるみたいだ」

「えらい詳しい情報を、どこから仕入れてきたんですか」

「俺の親しい開業医の友人に調べてもらったんだ。その金城院長は、医師会内でも頑固一徹で通っているそうだ。子供がなくて養女をもらい、医師を養子にしているそうだ。そういう場合を両もらいというが、その医師が歯科医師だから後継者には向いてない。これからの病院経営がどうなるか見ものだな」

病院経営と院長宅地の保有は切り離せない関係にある。そのことについてあれこれ推測している社長の真意まで聞く訳にはいかず、話題を変えた。

「歯医者さんではダメでしょうか」

「そりゃあ、総合病院というからには、院長たるものは体全般を診られる医者の方がいいに決まっている」

社長の情報通には驚いた。それならこの物件が持ち上がった時に、金城さんのことを調べて欲しかった、清八はそう思った。しかし自分が問題ない物件だと言ったことを思い出し、不満な気分を引っ込めた。

その後数日経って、金城に関する聞き込みで世話になった小森さん宅を訪れ、事の顛末を話した。

「裁判の成り行きは不利で、結局買い取ることになりました。何か問題があれば、私の名刺に書いてある会社の電話番号までお知らせください」

こう言い残して辞した。六月初旬になって小森さんから次のような手紙が清八のもとへ届いた。

〈先日、お宅がこの土地を結局、買い取ることになった経過と結果を聞きました。大場さんからは何も聞いていません。それで過日大場さん宅を訪ねて事の次第を聞きました。次の問答はその日の私と大場さんのやり取りです。ご参考までにお送りします。

小森　私の家の前の土地ですが、裁判のほうはどうなっていますか？
大場　もう終わっています。丸一不動産のものですよ、あの土地は。
小森　いつ決まったのですか？

大場　三月末ですね

小森　そんなに前ですか。そうしたら、その時に一言、「こういう結果になった。これまでご迷惑をかけました」と私に一声あってもいいんじゃないでしょうか。お宅の義兄さんが、うちの隣に住んでいます。それでこれまで遠慮をして、言いたいことも言わずに我慢してきたのですよ。

大場　ああそうですか。とにかくあの土地はもう丸一不動産さんのものです。何かあったら先方へ言って下さい。

小森　これは、丸一不動産に言うことでなく貴方に言いたいことなんですよ。色々と迷惑をおかけしましたが、ようやく落着しました。すみませんでしたと一言くらいは……。今まで黙って落ち葉を拾ってきたのですよ

大場　でも小森さんだって、以前私がお宅へお邪魔した時に言ってみえましたよ。「家の前に深い緑があって癒される」って。

確かにそう言った覚えはある。この家を建てる時に設計を頼んだ才本健三設計事務所の才本所長の言を思い出した。

「いいですねー、目の前にあるこんなに緑の森が借景になって」

ついついそのことを口に出した覚えはある。でもそれを盾に恩着せがましく、意趣返しされるのは、事のすり替えで我慢できないところだ。

小森　ただ、私は、黙って金城院長宅地から降ってくる落ち葉の処理をやってきたんですよ。申し訳なかったと一言くらいあってもおかしくないですよ

大場　ああ、そうですか、一言でいいんですか、一言ね。すまなかったですな、これでいいんですか。

仏頂面でこれだけ言い放ち細長い顔を形式的に下げた。悪びれた様子でもなく、家の中に引っ込んでしまいました。もう御用済みという態度がありありで、腹が立ってきましたね。私も迷惑料を金城さん、大場さんに請求し裁判所へ訴えたい気持ちです。あのお二人ともそうですが、お金持ちというのは、態度が良くないです。どうしてあんなに偏屈で偏狭な人間になってしまうものですかねー。つまらない愚痴ですみませんでした〉

佐々木浩二は、落ち葉事件の推移は叔父の社長から逐一聞いていた。不利な条件で決着した後のある夜、落ち込んでいる清八を慰めることにした。会社からタクシーで十分ほど

にある居酒屋に誘った。

車から降りると佐々木が顎を上げながら、のれんに「ひょっこりひょうたん島」と書かれた赤ちょうちんを指さした。

「ここだ、例の話の物件の近くだと、聞かれてまずい人がいるかも知れん。だから少し離れた所がいいかなと思って」

「こんなところまで飲みに来るのか」

「仕事関係で知った人が、周りにいないほうがいい時もあるだろ。そういう場合にはここを使うんだ。手づくりのつまみの料理がうまい。常連さんが多いんだ」

のれんをくぐるとカウンター席に二人と、後ろのテーブルに四人組が席を占めていた。総勢で十五人ほどが座れる、こじんまりした居酒屋だった。

「あーら、佐々木さんいらっしゃい。お連れさんは会社の方、大沢清八さんとおっしゃるの、これから宜しくね」

色白、面長で鼻筋の通った女将が愛想よく迎えてくれた。カウンターの隅の席に座って先ずビールで乾杯した。突き出しの小いわしの煮しめが、その後の日本酒によくあって、一日の緊張感を解放してくれた。

「なぁ佐々木君、社長から聞いているだろうが、大場さんの物件ではしくじったよ。初めての大仕事で張り切ってやったんだが。まさか隣の頑固爺さんでしくじるとはなー」

「ああ、一部始終は社長から聞いたよ。思いがけずに起こるまさかだ。仕方がないだろう、社長も自分の非を認めていた。君にもいい勉強材料にしてもらいたいと言っていた。そんなに深刻には考えていないようだ。心配しないでいいよ。土地手当ての資金は、あれを担保にして金融機関が融通してくれたそうだから、問題はない」

「それならいいけど。これから小さな物件をこまめにまとめる。会社にお返しをしなきゃな」

目の前には、手羽先のから揚げが並んでいた。清八は、熱々をふーっと吹いて頬張りながら、佐々木の慰めに心が少し和らいだ。

「ところで君のお義父さんがやっていた大樹陶業だったか、円高で窯業界の経営が大変だろうな」

清八がいつか口を滑らした義父の苦労話を、浩二が覚えていたのだ。

「そうなんだ。円高で日本では焼き物は採算が合わなくなっている。海外へ生産拠点を移すといっても零細企業では無理だ。大樹陶業も廃業したよ」

「そうか。それで親父さんは、今は何をやっている?」

「五軒ばかりある借家の家賃収入で細々と暮らしている。廃業するといっても、黒字状態の店終いでないと簡単ではないようだ。先ず法務局へ届け出る。官報に掲載され、どこからも異論が出ない限り認められないそうだ」

「そうか、借金があって、債権者から異議申し立てがあってはだめということか」

幸い大樹陶業は、まだ黒字のうちに義父の神戸史郎が廃業を決断した。得意先、仕入れ先などに迷惑をかけず幕を閉じることができたのだ。


それから一年ほどが過ぎた頃の春のことである。清八は、飛び込みである中小企業を訪れたが、そこの社長と気が合った。彼は思わぬ上顧客となった。塩屋賢一郎五十六歳、後にわかったことだが立志伝中の男だった。自動車部品メーカーに勤めた後独立、成功した中小企業の創業者である。

その日は特に当てもなく外に出た。勤め先から少し離れたところにある庄内川の堤防下まで来た。

(犬も歩けば何とやらだ。何かいいことがあるかも)

付近は、町工場に囲まれた路地が続いている。角を曲がった時に「世界最高水準を誇る冷間鍛造技術の協栄社」という看板が目に入った。

面白そうだな、入ってみるか、そう思って事務所の扉を開けた。

「こんにちは、丸一不動産の大沢と言います。社長さんはお見えでしょうか」

狭い部屋に机が三つ並んでいる。一番手前に座っている背が低く少し下腹の出た中年の女性が
「何の御用ですか、約束はありましたか」

うさんくさそうに清八の下から上まで、ねめ廻しながら質した。

「ええーっと、ちょうどお宅の前を通ったもので。表の看板が気になって社長さんに是非お目にかかりたいと思いました」

「不動産屋さんはいりません」と断られるかと考え、退去する構えであった。ところが意に反して奥の扉が開いて大柄な男がぬーっと現れた。頭の毛に少し白いものが混じって見えるが、広い額に太い眉毛に大きな耳朶。細い目つきだが精悍な顔つきだ。事務員と清八の話が漏れ聞えたのだろう。名刺を見て
「不動産屋さんか、入り給え」

清八の背中に手を廻して奥の社長室へ案内した。

「冷間鍛造って常温下で加工するんですよね、何を作っているんですか」

「自動車部品用のクランクシャフトだ」

「エンジンからの駆動力を伝える部品ですよね」

「そうだよ、わが社のことを理解しているじゃないか」

社長は白い歯の見える口を半分開きながら愛想よく対応してくれた。

「ええ、以前自動車部品を作る会社に勤めていましたんで。小さいネジを作っていました。プレス部門や鍛造部門も持っていたので」

「そうか、それで話が通じる訳だ。冷間鍛造で作ると、寸法精度が高く表面が美しいのが特徴だ。ただ特許がある上に製造技術が難しい。日本でもできる会社は限られている」

塩屋社長は、両腕を胸の当たりまで持ち上げたまま両手を広げた。自然に顔もやや上向きになり鼻の穴がよく見えた。

「それじゃあ、販売も独占的にできる訳ですか」

「そうだ、アメリカのゼネラルモーターズ（GM）、フォード、日本ではトヨタ、ホンダ、三菱自動車などへ納めている」

その後、開発の苦労話をたっぷり聞かせてもらい、二人は初対面ながら意気投合した。

「ところで、君は不動産屋さんだろ。商売の話はいいのかい。うちの会社も忙しくなった。第二工場の用地を探しているところだ」

渡りに船と清八は、鞄から地図とメモ用紙を取り出し切り出した。

「そうですね、この本社工場は大きな川の堤防下ですから水害の恐れがあります。矢田川上流の瀬戸市の高台はどうでしょうか。更地渡しで五百坪の土地は用意できますよ」

「良い所へ目を付けるな。ここは台風で堤防が切れた前歴がある。工場が浸水したら大変なことになる。代わりの部品がすぐにできるところがないからな。適当な用地を探していたところだ。詳しい土地の図面を頼む」

塩屋は、以前から災害対策として第二工場の建設が念願だったと打ち明けてくれた。清八は工場用地の説明をした。塩屋が相当に資金をため込んでいると踏んで、個人の土地投機の話も持ち出した。

「これとは別に社長自身への投資向けの話です。名古屋市と瀬戸市を貫く県道の角地に三百坪の土地があります。商業地として利用価値が高まること間違いありません。買い得だと思いますが、いかがでしょうか」

「よし、分かった。両方とも考えてみる。今日はここまでだ。ところで君はゴルフをやるのか」

「ええ、少しはやります。でも習いたてで御迷惑をかけるかと心配です。良くて百二十位のスコアですから」

「腕の方は心配しなくていい。前へ球が飛べば何回も打てばピンには届くからな。誰でもいいと言うのは失礼だが。平日に相手をしてくれる人がいないんだ」

そう言って豪傑笑いを飛ばした。

清八にとって予想外の展開で商談は終わった。一週間後の、国道一九号線沿いにある社長のホームコース、桜ケ丘カントリークラブの予約時間を聞き退散した。

約束した日は朝から快晴、無風で絶好のゴルフ日和だった。大きな商談を二つ抱えたこともあり、会社には通常の勤務扱いとしてもらった。

「六インチプレースでいいですか」

清八が、アウトコースからの第一打の前に試振りを繰り返しながら尋ねた。

「ああ、いいよ。俺はそのまま打つけどな。一度移動させるとまた動かしたくなる。この前一緒した人で何回も繰り返し、二十インチくらいボールの位置が変わってしまったのを見たけど」

六インチプレースとは、ボールが落ちたところが打ちにくい時に六インチ（15・24センチ）動かせるゴルフ場ごとの規則で、公式戦では通用しない。

「じゃあ、お言葉に甘えて六インチでやります」

塩屋は、百七十八センチの体から繰り出す豪快なドライバーのスイングで二百三十ヤードぐらいを楽々飛ばす。清八の方は、百七十ヤード程度が精いっぱいだ。二打、三打でバンカーに入れると、出すのに苦労の連続。ついていくだけで汗のかきっぱなしだった。

「社長はハンディ、いくつですか」

「ずっと五だったが、先月ここのハンディを八に下げてもらった。五はきついよ」

アウトが終わりインコースに出る間に五分ばかり時間があった。その間の立ち話で清八は、社長の腕前には相当の年季が入っていることに感心した。グリーン周りの寄せやパターが上手い。

後半も前半と同じような展開で、塩屋の後を清八が必死になって追いかけた。十七番ホールは九十ヤードのショートホールだった。ティーショットの位置からグリーン間際まで池で、清八は緊張した。

（池は苦手だ、打ちそこなって球が池にポチャン……）

案の定サンドウェッジを使った第一打は池ポチャ。用心してクラブをピッチングに替えたが飛び過ぎて、ホール超えでOBとなり、九のスコアで散々だった。OBとは、アウト・オブ・バウンズ。プレーができる区域外に球が落ちた場合、一打罰で打ち直す。

ちょうど正午頃にホールアウトした。社長のスコアは八十、清八は百三十五だった。

「初めてのコースだからな、慣れればもう少しは良くなるさ」

社長に慰められ少しばかりみじめだった気分が和らいだ。

入浴後の昼食の席で、先日の商談の結果が分かった。

「大沢さん、資料を見た上だが、あの二つの物件を買わせてもらうよ。新工場は半年後に着工し、来年秋の完成を目指す。商業地の方は、買い手の良い情報があったら頼むよ。いずれの物件も登記の手続きだけは宜しく頼むよ」

用地代は請求書が届き次第に銀行に振り込むという好条件だった。これで会社に胸を張って帰ることができる。

「本当に有難う御座います。今日のここの費用は、私どものほうで払わせて頂きます」

席から立ち上がり改めて頭を下げた。

「いいや、そんな心配は無用だよ。ここの支払いは、月末まとめで私の銀行口座からの引き落としになっているから」

逆に接待される立場になって恐縮した。

「君、お酒のほうは」

「ええ、少しくらいなら大丈夫ですが」

頭をかきながら随分と控えめに言ってみた。早速二週間後のある日を指定された。その店は、社長の会社と丸一不動産との中間あたりにある日本料理店だった。

席に着き熱いお絞りで顔を拭きさっぱりした。すぐに鯛、ヒラメ、甘えび、烏賊など旬の魚類の刺身が並んだ。手廻し良く季節野菜の煮物、旬菜五種盛りなどが次々に運ばれてくる。酒も地元の銘酒「鳳来仙」が用意されていた。至れり尽くせりの招待だった。どうも先日の突然の訪問で、すっかり社長が清八を気に入ったらしい。

塩屋が次の日の朝早く東京へ出張ということで、その夜の宴席は二次会もなく早く終わった。

「ではまたな、これからちょいちょい飲み会やゴルフに付き合ってくれや」

塩屋は、赤くなった頬を右手で撫でながら迎えのタクシーに乗り込んだ。

その後、一カ月に一度くらいの割でゴルフ、食事に誘われ、昵懇の間柄になった。後日、ゴルフと食事会の席で別の土地を購入してもらった。地下鉄の新線が開通した駅近くに二百五十坪ほどの土地を紹介したのだ。

第四章　平成バブルの始まり

「大沢君、久しぶりに飲みに行かないか」

毎月一の日に開かれる営業会議の後で、佐々木が清八を誘った。会社近くの居酒屋で先ずビールで乾杯した。

「今日は、少し堅いが経済の話をしようじゃないか。今日の新聞を見たか。今年、つまり昭和六十三年の東京都心部の地価の値上がりが凄いという記事が出ていただろ」

「いやー、新聞はあまり見ないんで、スポーツ紙はよく読むが。競輪、競馬とかの穴はどれかとか」

清八が頭を掻きながら首を右に少し傾け苦笑いをした。

「まあ、それも息抜きには良いけど。我々の商売は経済の流れと密接だ。この業界に入ってそれを痛切に感じるよ、世の中の動きに敏感にならないと、この商売はやっていけないぞ」

「分かったよ、それで東京の地価がどうしたかという話に戻してくれよ」

佐々木の話によると、昭和五十八年頃から東京中心部の千代田、新宿、港、中央の各区の商業地の地価が高騰し始めた。これが次第に周辺部まで広がった。東京の平均値は六十年の一平方メートルあたり三十万円が三年後の六十三年に八十九万円と三倍になっているという。

「どうしてそうなったのか教えてくれないか」

少しアルコールで血の巡りが良くなったせいだろう、赤みを増した頬を右手でなぜながら、清八が話の続きを促した。

「いいか、俺も聞きかじりだが、六十年九月二十二日にアメリカ・ニューヨークのプラザホテルで先進五ヵ国の会議が開かれた。そこでプラザ合意ができたそうだ。五ヵ国は米国、英国、フランス、ドイツそれに日本だ」

「それと今回の東京の地価の値上がりが、関係しているのか?」

「大いに関係ありだ。日本は好調な輸出で外貨を貯めすぎた。逆に米国は貿易赤字と財政赤字で悩んでいた。それで日本は、円高にするとともに金利を下げて内需を増やすと約束したんだ」

佐々木によれば、その後の一年で一ドルあたり二百三十五円の円レートが百五十円と円高が進んだ。

「ちょっと待ってくれ。円が二百三十五円から百五十円と言えば安くなったように見える。それがどうして円高になるんだ」

「俺も最初はそう思った。いいか、輸出をする場合、円が二百三十五円とする。たとえば瀬戸市にある焼き物の窯でつくる洋皿一枚が、二百三十五円の輸出価格だとする。それが年間の円相場の推移で百五十円になれば八十五円目減りする。しかし逆の場合、外国からモノを買う時は、今まで一個当たり二百三十五円の支払いが百五十円で済む。つまりそれだけ円の価値が上がるから円高さ」

「輸出する場合は、儲からない」

「その通りだ」

佐々木は清八と違って、ギャンブルには手を出さない。酒は飲むが、タバコは子供ができた時から禁煙した。休みの日には、奥さんと三人の子供を連れて外出することが多い。

二人は話に夢中になって酒もつまみも切れかかっていた。

「なーに、二人とも真剣な顔をして。今日はしめ鯖と金目鯛のいいのがあるから焼いてきますか」

女将が席に近寄り佐々木の肩をポンと軽くたたいて促した。

「円高がどうのこうのって話が聞こえてきました。うちのお得意さんは、瀬戸の焼き物の関係者が多いんです。急激な円高で商売上がったりだというお客さんが増えてきたの。それじゃあ、こちらも売上げが減ってやっていけなくなる。他人事ではないわね」

そう呟いて調理場の方へ急いだ。

「成程ね、そういうことか円高とは。モノを輸入する場合は安く仕入れできる、そういう訳だな。分かったよ。ところでさっき、金利がどうのこうのって言ったな。それがプラザ合意とどういった関係にあるんだ」

「公定歩合って聞いたことがあるだろう。日本銀行、つまり銀行の銀行だ。日銀が銀行に金を貸す時の金利のことだ。プラザ合意の頃の五％を、去年の二月に二・五％に引き下げた。それで世の中にお金がじゃぶじゃぶと流れるようになったんだ」

話が佳境に入り佐々木の声が大きくなった。

「そうか、世の中に金が流れれば、みんなモノを買って景気が良くなるという訳だな」

「聞こえましたよ、金余りで何でも買うからっていうお話。うちのお客さんが言っていたわ。金融機関がゴルフ場の会員権でも土地を買うのでもいい。お金を借りてくれとうるさいんだって。それって先程のじゃぶじゃぶの話と関係あるんじゃないかしら」

女将が金目鯛の焼き物を二人の前に置きながら話題に入ってきた。

「今、ちょうどそこのところを大沢君に話していたんだ。最近、金融機関が金余り現象で金を借りてくれとうるさい。買った物件を担保にしていいからと、融資話を持ってくるくらいだと」

「そうか、それでか。会社にいると銀行や信用金庫から訪ねてくる。『融資しますが』とよく言われるな。以前のように預金がどれくらいだとか担保がどうのこうのは無くてだ。ちょっと待ってくれないか。頭がくしゃくしゃしてきたぞ。タバコをやらない君には悪いが、良いか吸っても。俺は賭け事とタバコは止められないんだ」

清八は内ポケットからライターと「新生」を取り出し、うまそうに一服しながらうなずいた。

「お前はギャンブルにニコチン中毒とアルコールにこれも好きだし、かあちゃんを泣かせるなよ」

佐々木が右手の小指を挙げて首をすくめた。

「あーら、佐々木さん、大沢さんって、仕事ばかりでなくそちらのほうも発展家なのね。今晩はせいぜい食べて飲んで日頃の憂さを晴らしていってね」

流石に長年水商売をやっているだけあって、客のもてなしに如才がない。

「はーい、今行きますから」

女将は佐々木の小指をつつきながら、呼びかけられたなじみ客の席へ向かった。

二人で飲んだ一週間後の午後、臨時の営業会議が開かれた。いつものように長椅子の真ん中に社長が、その前に佐々木と清八が座った。午前十時から午後三時までパートで働く女性事務員が書記役だ。隅でメモを取っていた。社長はそのメモを、備忘録替わりに後で見ることがあると聞いている。

「みんな気づいているだろうが、東京の地価の値上がりが凄い。それだけでなくゴルフ場の会員権も株価もじりじりと上がっている。それで臨時の営業会議の開催を思いついたんだ。急激に変わりつつある情勢に乗り遅れないようにな」

小柄な社長が、少し出っ張りが目立つ腹を両手で押さえて最近の経済情勢を切り出した。いつも肩を右左にゆすりながら早口でしゃべるのが癖だ。時々左手に持つ手帳を覗き見している。数字を確認しているようだ。

先ず東京の地価高騰の話が出た。これは、先日佐々木から居酒屋で聞いた通りだった。

次いで株式の話題に移った。

「平均株価は、昭和六十年の一万三千円台が六十二年は二万一千円台になった。今年六十三年は三万円台に近づいている。株だけでなくゴルフ場の会員権相場も上がる一方だ。これを反映してゴルフ場の建設も全国で千箇所余りと目立つな。今まで見向きもされなかった山奥まで開発の手が伸びてきている。事実今年になって東京タワーまでが、千葉県君津市にゴルフ場の建設を始めている」

七年後にそのゴルフ場が完成した時には、バブル崩壊で会員権相場は暴落。残った東京タワーの債務は百億円になろうとは誰も予想できなかった。社長は、冷めたコーヒーを口に含み一気にこれだけ言った。やや間を置いて清八の顔に目をやりながら

「どうしてそうなったか分かるかな」

と水を向けてきた。

「それはですねー、政府、日銀による金余り政策のためじゃないですか。お金をじゃぶじゃぶと世の中に出した。土地、株式なんでもいいから買いなさいという結果でしょ。円高不況を直すためと言っていますが」

佐々木からの受け売り話をしっかり頭に入れてきた。それに最近の新聞の経済、政治欄にも目を通して会議の前に頭の整理をしたところだ。

「へー、よく勉強しているじゃないか。よろしい。お前の考えはどうなんだ」

叔父に指さされた佐々木浩二は

「アメリカの財政赤字と貿易赤字解消のためです。日本政府が進めたドル安、円高誘導政策のためでしょう。でも問題は、どこまで上がり続けるかだと思います」

左手で下あごをなぜながらぼそっと言った。

「二人とも今の情勢をよくつかんでいる。見直したぞ。俺も同じ考えだ。株式、ゴルフ場の会員権、高級ブランド品、リゾートマンション、絵画、大型車など資産価値のあるものがどんどん売れている。売れているばかりじゃない。それらが買った後も値上がりしている。だから皆が手を出す好循環だ。佐々木君の言った通り、どこまで上がるかが問題だ。ああ、喉が渇いた」

ここまで一息で言うと、事務員に手元の湯呑にお茶を注ぐよう右手を挙げて促した。社長の話の終わるのを待っていた佐々木が、先ほどとは違い大きな声を出した。

「昭和六十二年二月、NTTが株式上場しました。一株百二十万円の株価が、今年の三月に約三百万円になりましたね。また、安田火災海上がゴッホの絵『ひまわり』を買いました。五十億円と、一枚当たりの価格では史上最高値で購入しました」

ここまで言うと続けて
「東京の地価の値上がりの影響で大阪、名古屋圏の土地も値上がりが目立ちます。今までわが社は、資金がなくて土地の手当てができませんでした。今なら金の問題はありません。どこに目を付けるにしろ、将来性ある所を買うべきですね」

佐々木は会社の方針を促した。

企業はひと頃、増産のために工場用地の買い増しをしていた。その後、投機的な土地手当てに力を入れ始めた時期でもあった。本業を忘れて財産を増やす目的の買い入れであった。社長は机の上で左拳に顎を当てながら、自分が持っているゴルフ場会員権の話を持ち出した。

「佐々木君の言う通りだ。社の方針は後で述べる。ところでな、俺が十数年前に二百十万円で買った会員権の話だ。岐阜県の一九号線沿いにある中央仙道カントリーだが、六百万円もしている。売り出し前に二百十万円の縁故債で買った会員権なんだが」

ゴルフ場の会員権の話ならと、清八が身を乗り出した。

「私は、ゴルフはまだ始めたばかりですが、西名ゴルフ場の会員権を義父から結婚祝いで譲り受けました。義父が以前三十万円で買った平日用でした。追い金を三十五万円出したら休日も使える終日会員権に替わったそうです。親から子への譲渡だから名義変更料も無料だったし。それが最近の値上がりで二千五百万円になっています」

「そうか、普通だと名義変更料も結構高いけど親子ならそれも免除だ。それがなにー、二千五百万円にも値上がりか」

佐々木のうわずった声につられて、社長も思わず清八の顔を見据えた。書記役の女子事務員もうらやましそうに暫く清八の横顔から目を離さなかった。

「大沢君、早くその会員権を売ったらどうだ」

佐々木が転売を促した。

「いやいやまだ上がるだろう、もう少し様子を見るから」

清八は、首を斜め右に傾けながら即座に否定した。

嘘みたいな話が続いたが、事実そのものだった。まだまだゴルフ場の会員権相場は強含みだ。土地についても同じような傾向だった。社長が体を前かがみにした。左手の人差し指で鼻の下を二、三回往復させながら話に割り込んだ。

「しかしだ、ここが肝心だぞ。株、会員権、土地もいつ手ばなすかが問題だ。値上がりが続くうちは、もっと儲けようとして持ち続ける。結局売りそこなって損をする。でも下がり出すと少しでも損失を減らそうとして売る気にならない。そうしているうちにさらに下がって損をする。今までうちの会社の土地売買もその繰り返しで、あまり儲かったことはない。いつも上がってそのうちに下がる。その繰り返しで結局下がる時に損をしてきた。しかし今回は違う、まだまだ上がる気がする」

「だからさっき言ったように俺は、会員権をまだ売らないよ。もう少し上がってから手放すつもりだ」

清八は社長の意見に同意して先ほどの言を繰り返した。

「個人のゴルフの会員権の話は別として、わが社の土地売買の方針はどうするんですか?」

社長の先ほどの発言に対して佐々木が答えを促した。ここで社長は、ある提案をした。

「先日、商工会議所であった経済講演会に行ってきた。名前は忘れたが、ある経済評論家の〝発想の転換〟という題だった。彼が言うのに今回の好景気は、事業家にとって千載一遇の機会だと。それには、これまでの考え方を捨てて発想の転換が必要だとも力説していた。これからの経営は、行け行けどんどんだと力説していたな。彼が講演の中で成長著しいとして挙げたのが、太陽熱温水器販売の会社だ。九州の福岡に本社のある朝日ソーラーだが、成果主義で滅茶苦茶に業績を飛躍させている」

「成果主義ならば売上げに比例する待遇……」

「そうや、温水器一台売れれば固定給にプラスして歩合を払う制度を採用している。近年、目覚ましい成長を遂げている注目の会社だ。販売先で集金できない場合は、本人が負担する。自決制度と言っていたな。会社を一歩出たら、成果を上げるまで会社に帰るなとはっぱをかけている」

浩二の質問を途中で遮り社長は続けた。

「講演を聞き、うちの会社の給与体系を変えようかと思ったんだ。太陽熱温水器の会社にならって、従来の月給制からこの際、固定給と歩合制の併用に」

「ええー、歩合制って、出来高制みたいなものですか。生活できなくなるんじゃ困りますが……」

清八が心配そうな顔付きでまたタバコに火をつけた。佐々木も、しかめ面になっていた。暫くすると
「まぁ心配するな。よく考えたが、温水器の販売と違って不動産業界では、成果主義も自決制も適用するには難しいな。これはなかった話にしてくれ」

この新案は例の調子であっさりと引っ込められ、代わりに新たな提案を打ち出した。

「今度な、不動産情報ネットワークのＹＯＵＲ ＨＯＭＥ。そこに加盟する」

「ああ、賃貸物件、売買物件などの情報を流している会社でしょ、お客さんからお宅はユアーホームに入っていないのかってよく聞かれますよ」

佐々木が、先ほど見せた渋い顔を引っ込めあいづちを打った。

「あそこは、開業してから数年しかたっていない。全国で数千の不動産会社が加盟している。住居、店舗、倉庫、土地などの賃貸や売買物件などの情報をもらう代わりに利用料

を払うことになる。これまでは経費を節約するため二の足を踏んでいた。だがこれからは積極的に利用し、業績の向上に結びつけようや」

細い目で二人を見つめて興奮気味にまくしたてた。柱にかかっている事務所の柱時計は午後三時近くを指していた。

「頑張ってみます」

両人が声を揃え、これで会議はお開きになった。

それから数か月後の春めいたある日。清八が懇意にしている自動車部品製造会社、協栄社の塩屋社長が買った土地を欲しいという人の情報が入った。名古屋市と瀬戸市を貫く県道の角地にある三百坪の買主は、コンビニを開店するための購入だった。

塩屋は喜んで、数日後なじみになった例の日本料理屋に清八を招いた。突き出しを前にビールで乾杯した。塩屋が白い封筒をテーブルの上に差し出した。表書きは寸志と書いてあり、その下に塩屋と書いてある。

「いや、結構ですよ、自分の仕事をしただけですから」

押し返すと

「まぁそんな堅いことは言わずに納めて、お宅の会社には内緒でいいから」

封筒を押し出してきてテーブルの縁からずり落ちそうになった。それ以上拒むと社長の面子もあることだし……と受け取ることにした。

その夜の二次会は、タクシーで五分ばかりで着く「スナック信乃」だった。店内には半円形に十席ばかりの椅子席がありラテン音楽がかかっていた。赤いセーター姿の女性客が一人で真ん中に座っていた。

「あーら、社長さんお久しぶり、嬉しいわ。お元気でしたの？　何だか嬉しそうな顔つきだこと」

「何を言っているんだ。十日前にお得意さんを連れてきたばかりじゃないか。そうか、分かるかこの気持ち。この大沢君のお陰でいいことがあったんだ」

細い目つきを一層しばたかせ、笑顔で返した。どうやらここの馴染み客らしい。

「そんな素敵なことがあるんなら、私にも分けて下さいよ、大沢さん」

細身で色白の美人ママが、お絞りと突き出しを差し出しながら寄ってきた。ビールで乾杯した後、ウイスキーの水割りをゆっくりと含みながら塩屋と世間話をしている。音楽がタンゴに替わった。

「おい、菊代ちゃん踊ろうか」

塩屋がママに声を掛けフロアに降りた。

手持ち無沙汰になった清八は、ビール瓶片手に赤いセーター服の女性に近づいた。

「一杯いかがですか」

「あら、私にですか？　あまり飲めないんですが、有難く頂きますわ」

快くコップを差し出し取り敢えず乾杯した。一見して主婦に見える。中肉中背で大きく膨らんだ胸のあたりに情欲をそそられた。

「一人でよくここへ見えるんですか」

「いいえ、近所に住んでいますが、ここは今日が初めてです。家で面白くないことがありました。カラオケで少し息抜きがしたくなったんです。中田真理と言います。宜しくお願いします」

「こちらこそ、大沢清八です」

そう言って名刺を渡した。

「あら、不動産会社にお勤めなんですね」

「ええ。といってもこじんまりした零細企業ですがね」

「私の家の電話番号です」

そう言って目の前の箸袋の余白に、彼女の連絡先の電話番号を書いてくれた。

「大丈夫ですか、家に電話をしても」

「ええ、大丈夫ですよ。夕方の六時以降は、大抵在宅ですから」

その時、ルンバが終わりかけになり、清八は急いで自分の席に戻った。

次の日の夜、会社で誰もいなくなったのを見極めて中田真理に電話を入れた。

「昨日はどうも有難う。今大丈夫ですか？　早速ですが、次の土曜日の午後お会いできませんか」

少し声をひそめて聞いてみた。

「こちらこそ、ゆうべは楽しかったです。どうも有難うございました。お会いするの、いいですよ」

清八は、昨夜スナック信乃からの帰り道で見かけた喫茶店コスモスで次の土曜日の午後二時と指定した。

真理は約束した時間に現れた。薄いベージュ色のワンピース、うっすらと化粧のあとが伺える。清八が予め隅のほうの席に座っていた。目立たないように小声で自己紹介をした。続いて真理が
「私は子供はいません。夫は名東ゴルフ場の支配人で不在が多いです」

彼女によると、夫は朝早く出て、夜は付き合いだといって遅く帰る。泊りがけのゴルフ

旅行も結構多いという。各地の支配人同士で招待し合って楽しんでいるらしい。

「私は小さな工具を扱う商社に勤めに出ています。子供はいないし時間があります。簿記の資格をもっているので経理事務で重宝されています」

そう言いながら、先日のスナックに居た件について語り出した。

「ある日のこと、彼が忘れて置いていった手帳を開くと、どうやら彼女がいるようなの。それも随分と前からの付き合いのようで頭にきたわ。家に不在が多いのも女と遊ぶためだったんだと。思うだけ悔しくて、あの夜スナックに飛び込んだの。御免なさいね、恥ずかしいわ。こんな愚痴を最初から言って」

目じりに少し光るものがあった。直ぐに慰めの言葉も浮かばず間を置いて
「会社の方は、正社員ですか」

話題を切り替えた。

「ええ、九時から午後五時までで定時に帰れますから続いています。お宅さんは、不動産業と言えば、勤務時間は不規則でしょ」

「そうですねー、仕事が片付いた時が終業時間ですよ」

当たり障りのない話が続いた。別れ際
「今度の土曜日に香嵐渓へドライブしませんか。まだ紅葉が残っているかも知れません」

こんな誘いは、まだ少し早いかなと懸念したが
「たまには気晴らしがしたいから嬉しいわ」
微笑みながら快諾してくれた。笑うとできる右の頬のえくぼが可愛い。

愛知県東加茂郡足助町の香嵐渓は、中部地区屈指のモミジの名所である。紅葉時期と土曜日が重なり車は渋滞、清八の家のあたりから普段の二倍以上かかり、ようやく足助に着いた。駐車場にやっと車を入れることができ、人々の後について行く。清八は、真理と手をつなぎたかったが慮って控えた。

神社と町の氏神様である足助八幡宮を見ながら巴橋を渡る。上流に朱色の待月橋が目に入る。飯盛山を背景にして、矢作川支流の巴川がつくる渓谷が見所の中心である。巴川沿いに杉であろうか緑の大木が連なる。それらの樹々を取り巻くようにイロハカエデ、オオモミジなど四千本が深紅、赤、黄色を織りなす錦模様が、えも言われぬ美しさだった。

「きれいね、初めて来たけどこれほど素敵な所だとは知らなかったわ」

真理が思わず清八の手を握ってつぶやいた。木々の枝が風に揺れて、色合いが見る場所によって刻々と変わっていく。大渋滞で味わった疲れも吹き飛んだ。

茶店に寄り、五平餅とのっぺ汁で空腹を満たし帰路についた。途中の売店でコーヒーを

飲み十分ばかり走った頃、右側の側道の奥にラブホテルが見えた。

「ちょっとあそこで休んでいきませんか」

「どうして寄る気になったの」

「お互いに癒されるんじゃないかと」

「私は遊びはいやよ。貴方は、癒される別の人が現れたらそっちとも付き合う?」

「そういう意味では言っていない。真理ちゃんが好きになったからだよ」

さりげなく言い、車を道端に止めた。そんなやり取りが続いた後
「今日はいやよ、貴方が本気で付き合う気持ちになったら考えるわ。奥さんと子供さんもあるんでしょ」

「ええ、ありますが。……私は未婚の母に育てられました」

「どういうこと、それは」

「母は訳ありで妻子のある人と結婚の約束を取り付けました。しかし先方の奥さんが離婚を認めなかったのです。ところが相手が突然死したため、母は別の人の後妻になりました。その義父の娘さんが妻です。私は義父に就職を世話してもらっています。二人とも父親に強制されて一緒になりました。愛情も湧かず、最初からうまくいっていません」

「そうなんですか……。色々とそれぞれ問題を抱えて暮らしているんですね」

真理は、首を少し右肩に寄せながら自身の身の上を語り出した。

「うちはねー、父は後天的な緑内障で目が不自由になりました。勤め人でしたが、努力して鍼灸師になったんです。五十歳を超えた時に胃腸の調子が良くないとこぼしていました。目がよく見えないから、血便に気が付かなかったんでしょう。大腸がんの末期で、あっという間に亡くなりました。母が苦労して私と弟を育ててくれました」

清八は、しんみりとした真理子の言葉にしばし黙ったままだった。数分後に再びエンジンをかけた。


数日後、以前塩屋社長に買ってもらった二百五十坪ほどの土地が売れた。地下鉄の新線が開通した駅近くにある角地で、やはりコンビニエンスストアを経営したい人が購入したものだ。後日、塩屋からお礼の印が送られてきた。前回と同じ様に万札が十枚入っていた。

佐々木浩二は、ここ暫く大きな取引はなかったが、それでも年間を通じてそれなりの売買件数をまとめていた。

丸一不動産の業績は、こうした二人の働きに加え不動産情報ネットワークの利用によりかなり上向き始めた。例の院長宅の隣の土地の評価額も急上昇し、正に禍転じて福になってきた。

ある日佐々木と大沢が揃って席に座っていたところへ、三浦社長が顔を出した。おもむろに口を開いた。

「昇給、昇進の辞令を出す」

「定期の身分に関する辞令は四月に出るんでしょ」

二人が同時にいぶかりながら尋ねると
「だから臨時に君らの働き方に報いることにしたんだ」

佐々木浩二は第一営業部長、大沢清八は第二営業部長、身分は浩二が主事補から主事、清八は主事を飛び越えて副参事になっていた。

その時、訪問客が清八を訪ねてきた。客は、鬼頭洋之助さんという白髪の年配者で、地下鉄の新線が開通した駅近くにある土地の購入者であった。コンビニ用地として買ってくれた人だ。社長室の隣にある応接室に案内すると
「登記も済んで近く店舗の建設にかかります。経営は息子に任せますが」

現状の報告があり、お礼を言われた。こちらが出向くところを逆になり恐縮した。清八があるフランチャイズチェーンの本部を紹介したことで、恩を着せた形になったようだ。

辞令交付は、読み上げないでそれぞれに手渡しだった。突然の来客訪問で、お互いの身

分がどうなったかは分からずにその日は終わった。

清八と中田真理が、香嵐渓に出かけてから二週間たった土曜日、二人はラブホテルに入った。シャワーを浴びてダブルベッドに横たわった真理の裸体は、鳩胸にふさわしく乳房がぐっと前に出ていて肉感をそそった。そこはかとなく香水の香りが漂ってきた。色白の頬がわずかに赤みを帯びて、やや恥じらいながらつぶやく。

「私こういうところへ入るのは初めてだけど、あなたが本気だと言ったから信じてついてきたの」

「無論、遊びじゃない。まじめに付き合うから安心して欲しい」

「嬉しいわ、その言葉を忘れないでね」

そう言って清八を抱き寄せながらすんなりと受け入れた。すぐによがり声が大きくなり身もだえ始めた。

「もういいわ、降参、降参、早く来て」

ついには泣き始め、その声につられて清八も絶頂に達した。快感が頭の天辺から足先まで突き抜けた。

「ねー、本当に久しぶり。癒されたわ。いつも奥さんとこういう風なの？」

「いつ一緒になったか覚えていないくらいご無沙汰だ。向こうもその気がないしこちらも興味がない。真理ちゃんはいい女だよ、好きになった。ところで君のところは?」

「相手が遊んでいたからでしょ、だからほとんど交わりがなかったわ。浮気を知ってからは、勿論プッツンよ」

不仲のこういう関係を世間では「性格の不一致」という言葉で表すことが多い。一線を越えた睦事の後、これからは月に二日は会おうということで再会を期した。清八は、好きな賭け事も当分は少し減らし、真理に尽くそうと考えた。


昭和六十四年一月七日、昭和天皇が十二指腸の腺癌で亡くなった。八日から、元号が平成になった。

清八は、月に一度の割合でまだ自社所有である院長宅隣の土地を訪れていた。その際、落ち葉の点検かたがた掃除もしていた。桜の花が開く三月末、門前でたまたま小森さんと出会った時に声を掛けられた。

「ああ、丸一さんだったねー。いつも見回りに来てくれること、分かっていますよ。前の地主の大場さんと違っていつもきれいにしてくれて有難う。ところで金城病院の院長が亡くなったこと、知っていますか?」

「ええっ、知りません、いつのことですか」

清八は、やや興奮気味に問い返した。

「三日くらい前でしたか、黒の式服の人が私邸前に多かった。それで分かりましたよ」

「病院経営とこの自宅はどうなるんでしょうかねー」

清八はタバコに火を付けながら頭に浮かんだことを真っ先に口走った。

「さーて、私では分かりません。駅前に大口理髪店があるでしょ。私も毎月通っています。そこへは院長と娘婿も馴染み客です。だから何か情報がつかめるかも知れませんよ」

小森さんの返事のお礼に深く頭を下げて、足早に理髪店へ向かう。一週間前に床屋に行ったばかりだった。ガラス張りの玄関扉を開けて声をかけた。

「空いていたらお願いします」

店内に客はおらず、奥から五十歳代と思われる女性が現れた。目じりは下がっている。ふっくらした頬、温和そうな顔で鏡前の椅子を指さした。右の頬に大きなほくろが目立つ。

「お客さん、初めてでしたね？　髪もひげもあまり伸びてないようですが」

愛想よく聞かれ少し戸惑ったが、正直に話した。

「実は少し訳ありですが、小森さんの紹介でお邪魔しました。金城病院の院長さんがお亡くなりになったそうですね。色々とお聞きしたいことがありまして伺った次第です。髭剃りと洗髪もしたいのでお願いします」

これだけを早口で言って洗面台の前の椅子に身を沈めた。清八は、整髪中に小森さんの家の前の土地を購入したいきさつを話した。更に買取り先の地主さんとの裁判沙汰。院長の強硬な姿勢から住宅建設がとん挫したことにも触れた。

優しいお母さんといった感じの女店主は

「院長先生の隣の土地の件は、小森さんから聞いていました。来店するたびに裁判のことも含めてね。毎年、春になるとあの森でウグイスが鳴きます。私も朝家から店に来る途中で楽しんでいます。だから関心があったの」

話がどんどん進んで助かった。病院経営のことはさておき、西隣りの四百五十坪くらいある土地について切り出した。

「実は、院長の自宅の敷地について話がしたいとここへお邪魔したんですが」

思い切って切り出した。

「それならちょうどいいわ。明日の午前十時に院長の娘婿さんの予約が入っているの。紹介してあげる」

「確か、息子さん夫婦は院長と同居していないと小森さんから伺っていましたが」

「そうよ、近くに家を建てて住んでます」

清八は、事が順調に運び何か狐につままれたようで、思わず右の頬っぺたを力いっぱいつねってみた。

「痛い！　おお痛かった」

「あれ、どうかされたの？」

夢ではなかった。ニコニコした大口理髪店主の笑顔が目の前にあった。

整髪が終わると一目散に会社に取って返し、社長室の扉を叩いた。

「おお、どうしたんだ大沢君、そんなに慌てふためいて」

「それが、大変なニュースです！　い、院長が亡くなり、む、娘婿さんに偶然にも会えることになったんです！」

額に汗をかきながら吃音気味にまくしたてた。

「なんだって、院長が亡くなった⁉　ひょっとして金城病院のあの大先生のことか。それに娘婿に会えるって？　どうしてそうなったのか、何の用事で会うんだ？　少し落ち着け、筋道をたてて話すんだ。そうしないとさっぱりわからんぞ」

そういう自分が大慌てで清八を急き立てた。そして突然、椅子から立ち上がった。部屋の中をせわしなく歩き回り、更に早口で聞き直した。

清八はタバコに火をつけ一服吸った。大きく息を吸い、小森さんから聞いたことをつとめてゆっくりと話した。それから大口理髪店での女店主の親切な対応までも、手ぶりを交えて再演した。

「成程、そうか、そういうことか。でもびっくりしたな。院長が亡くなったとはな。それですぐに隣の土地を買おうと思いつき行動に出るとは、もう君もいっぱしの不動産屋になったたな。大沢君、先手必勝だ。いける、これはいける案件だぞ」

珍しく清八を精いっぱい持ち上げた。その時清八は、院長宅隣の土地利用が駄目になった日の三浦社長との会話を思い出した

(三浦社長は、今日の状態をあの時に予測して私に色々と質していたならば、大した先読みだ)

改めて社長の事業家の経営感覚というか事業意欲に感心した。

第五章　千載一遇の機会に賭ける

その日の午後遅い時間、丸一不動産では臨時の営業会議を開いた。議題は無論、院長宅の敷地の買収である。冒頭、社長が佐々木浩二のために、清八の今日の行動と、ひょうたんから駒のような一部始終を述べた。

「という次第で明日、大沢君が院長の娘婿殿に会えるかも知れない。そこでだ、あの土地を買うか買わないかの議論をする。それぞれが忌憚のない意見を言ってくれ」

社長の言葉に、それでは私の意見をと手を挙げたのは、佐々木だった。

「わが社が保有しているあの土地は今のままでは生きた屍、つまり死に地です。しかし隣地を買収することにより屍が生き返ります。ここに従来案である四軒の戸建てを建てる。私の案は、院長宅地を買い取ります。その後にその土地は、転売したらどうかと思います」

次に手を挙げたのは清八だった。タバコをくゆらしながら
「社長がいつかの会議で、今は事業家にとって千載一遇の機会だと言われましたね。わが社にとってもようやくその機会が訪れたと思っております。死に地が生き返る。それに新たに土地が手に入る。禍が福になるという諺が現実になりました。佐々木君と同じく、あの土地は買いに同感です。保有中の土地と院長宅地を合わせて、超高級マンションを建てたらどうですか」

そう言いながら、二人にスポーツ紙を指し示した。そこには大きな見出しで「西急不動産、千葉で超高級住宅街区、チバリービルズ建設へ」の活字が踊っていた。

「まてまて、そう急ぐなよ。急いては事を仕損じるというぞ。今日はあの土地をどうするかじゃない。買うかどうかを決める会議だ」

社長が二人の中に入ってきた。金城病院の後継者との話し合いに的を絞るようにとの指示だった。

「まずは明日、大沢君と相手の娘婿さんとの話し合いがどうなるかだ。買うことには私も賛成だ。こちらの腹は決まった。どうせ具体化するのは四十九日の法要以降だろう。相手先の感触さえわかれば十分だ」

翌日、十一時十分前に大口理髪店を訪れた。清八は整髪には一時間くらいかかると聞い

ていた。ちょうど最後の仕上げが終わったところだった。既に話がしてあったのだろう。

「丸一不動産さんの大沢さんです」

女性店主から紹介された。椅子から立ち上がってきた金城病院の後継者は
「あなたの用件は、大口さんから聞きました。私も不動産の専門家から話を聞きたかった。ちょうど良かった。金城宗雄です」

そう言いながら愛想よく名刺を差し出した。細身の体つきで、眼鏡をかけて神経質そうに眼をしばたいていた。

「今回は、お父様のことでご愁傷様でした。何かお役に立つことでもあれば、と大口さんにお願いした次第です」

「ここでは何だから、うちの病院の事務室へ行きましょう。今日は休みで誰もいないから」

案内された病院事務室の隣にある応接間の椅子に相対で向き合った。

「ちょうど良かった。義父の土地をどうするか、不動産屋さんに相談しようと思っていたからね。あの住宅と土地は、広過ぎて住めやしない。子供がいない私達が持っていても大変だ。植栽などの手入れが大変だし相続税がかる。固定資産税の支払いなども煩わしい。手放したいと思っている」

そう言ってふーっと息を入れた。金城さんの眼鏡がずり落ちそうになり、右手で押仕上げた。

「そうですか。今日はご挨拶だけで、具体的なお話は四十九日が終わってからと思って参りましたが」

予想外の話の展開に、内心は心踊るものがあった。表情に出ないように神妙な顔つきで相手の出方を伺った。

「まぁおっしゃる通り、四十九日が終わってから詰めた話に入りましょう」

肝心の売買の話が首尾よくいって、清八は夢見心地で会社に帰ってきた。早速、昨日の営業会議の続きが始まった。金城病院の後継者との話し合いの中身が報告され、買った後をどうするかの議論に入った。口火を切ったのは、やはり佐々木浩二だった。

「社長、資金は大丈夫ですか、買収に数億円はかかると思いますが」

「うちのような零細企業でも、買う土地を担保にすれば問題なく金は借りられるご時世だ。私に任せておけ」

三浦社長は自信ありげな口ぶりで言い切った。

「わかりました。その処分、つまりあの土地をどう使うかですが。保留したままの〝院長宅の隣〟の土地は、自由に使えることになりました。あそこに当初の案通り戸建てを分譲する。これでわが社に見合った利益は上がるでしょう。新規購入の土地は、転売できれば正に棚からぼた餅の儲けで言うことなし。以上です」

院長宅の敷地面積は登記簿を調べた結果、約四百六十坪あることが分かった。購入済みの土地と合わせれば、七百坪を超える。佐々木はそれだけをやや早口でしゃべり、両肩をぐるぐる回しながら天井を見上げた。直ぐに清八が手を挙げ

「私の意見は少し違います」

社長と佐々木を交互に見つめながら自説を披露した。

「保留している土地の利用も含めての事業計画を考えました。昨日言いかけましたが、アメリカ、カルフォルニア州ロサンゼルス西部にビバリーヒルズという高級住宅地があります。西急不動産が、そこにちなんで千葉市郊外に超高級住宅街を作り始めました。チバリービルズと名付けています。一戸あたり五億円から十五億円の住宅を六十戸建てる計画だそうです。これに見習ってわが社も、超高級マンションを作ったらと思います。この際、あの土地全体を活用すべきと考えます」

社長が普段あまり吸わないタバコに火をつけて、ゆっくりと吸いながら切り出した。

「私も昨日、清八君の言っていた記事を一般紙で読んだ。チバリービルズは、東京駅か

ら一時間半という不便な立地条件だ。それにも拘わらず、一戸当たり六百坪の敷地に寝室五部屋。更にテニスコート、プール付きという豪華なものだ。それが売れる時代なんだ。私も大沢君に賛成だ。ここで勝負に出たい。どうだ、佐々木君は同意できないかい」

「私は承知しかねます。この好景気がいつまで続くか心配です。超豪華マンションに絞る新規事業は、危険が多すぎると思います。私の案ならば危ない橋は渡らずに済みます。それでもかなりの利益を確実に確保できます。会社の存続と家族の生活維持が第一です」

「成程、君のいうことも一理ある。意見は真っ二つに分かれたから、今日のところは保留としよう。買収が本決まりになったところで再検討しようや」

社長の裁断で営業会議は終了した。

中田真理と清八の逢瀬は、その後も月二回くらいの割合で続いていた。ある春の土曜日、豊田市小原地区の四季桜の里を訪れ、満開の四季桜を二人で愛でた。名古屋市内を抜けて猿投グリーンロード中山インターから国道四一九号線に出る。岐阜県瑞浪方面へ三十分ばかり直進すると目的地に着く。主な舞台は、愛知、岐阜両県の境にある小原ふれあい公園だ。地元住民が育てた一万本の木々が花開いている。この桜は、例年春と晩秋にかけて二度咲く。近年は温暖化の影響であろう、冬の初めにつぼみを開く。付近のもみじとの紅葉と季節外れの桜の白い花びらとの二重奏は、どこでも見られるものではない。例年白い花の群落の中に見え隠れする紅い葉が、えも言われぬ美しさを奏でる。

中田真理が右手を清八の左手に絡ませ、公園内の路をゆっくりと散策した。

「私、ここの桜初めて見たけど綺麗ねー、春に咲く花と秋の花が同時に見られるなんて考えられないわ。冬になったらもう一度来たい」

「うん、俺もテレビでしか見ていないが十一月に来るとしよう」

二人は、暫く山間の景色に見とれながら花見気分を満喫した。

金城病院院長の四十九日の法要が終わった。そして、病院と院長宅の相続人である金城宗雄と丸一不動産との話し合いが始まった。丸一側は三浦社長も同席した。金城宗雄によれば、病院は私立の大手病院に賃貸することで大筋はまとまっているという。院長宅地の全体は、一括して丸一不動産に売却しても良いと双方が一致した。

他の大手不動産業者からの買い攻勢も激しかったが、早い段階での接触が功を奏し、零細の丸一不動産に決まった。これは業界でも話題になった。

売買が成立すると、清八は、中田真理との逢引きに一段と熱を入れていた。院長宅地の件でふさがれていた気分を解消するためだ。好きなギャンブルは、ほどほどにしていた。

七月のある土曜日に都心で待ち合わせた。真理がいつものように化粧品を萬里馬薬局で買い求めた。

「この薬局はね、資生堂など一流メーカーの品も三割方安いのよ。今日は全部で九千円くらいになるけどいい？」

そう言ってスキンクリーム、目元ケアパック、ルージュ、マスカラ、ファンデーション、口紅、メイク落とし、乳液、洗い流さずに済むヘアートリートメントなどを持参した買い物袋に詰めた。その後、地下街の婦人用衣服と下着の各専門店でワンピース、ショーツ、ブラジャー等一万円ほどを袋の中に追加した。

ラブホテルでは、先ず風呂につかる。真理は清八と一緒に風呂に入ることに決めている。こんもりとした乳頭の先をチョンとつつくと、真理が気持ちよさそうに膝をくねらせた。清八の唇を求めてくる。むっちりしてしかも豊満な肉体美に、清八は情欲をそそられ、たまらずに体を半分拭いただけで、隣のダブルベッドに駆け込んだ。

情事の後は、近場の居酒屋中庄栄町店で先ずビールで乾杯、食事となるのが定番である。真理の好物は、揚げ出し豆腐、鶏のから揚げ、サンマの塩焼き、ブリの刺身。清八は純米酒を飲みながらつき合う。食事をしながら先ほど払った化粧品の領収書を見て言った。

「真理ちゃん、一カ月ごとに今日のような化粧品を買うんだけど、これらで毎日顔を磨いているんだね」

「そうよ、おかしいかしら」

「おかしくはないけど、女の人はお金がかかるんだなーと思っただけ。それから聞きたいけど、ファンデーション、ルージュ、マスカラって何?」

「ファンデーションはね、白粉、おしろいのことよ。肌を色白に見せるために顔や首筋などに塗るの。ルージュは口紅、マスカラはね、目元につける化粧品よ。まつげを長めや濃く見せるために使うわ」

「そうか、電車の中でも化粧箱を開きパタパタやっている女性を見かける。家でできなかったからやっているわけか」

日頃思っていた疑問が少しは解消したが、では、そういう化粧品を使わなかったらどういう顔になるのか聞きたかった。それは愚問と気づき
「女の人は、余分なことにお金が掛かるんだなー」

つぶやきながら手を挙げて酒の追加を注文した。

真理の最後の締めは、アイスクリームパフェである。土産に大海老の太巻き寿司を持ってお開きになる。この寿司を翌日の朝と昼食に充てるらしい。甘いものを食べて満足した顔付きの真理が、改まった真面目な顔で聞いてきた。

「ねー清八さん、聞いていいかしら。これからの二人のことだけど」

「ああ、いいよ、何のことだい」

「私ね、いつでも離婚できるの。だから貴方にもそうしてもらい早く二人で暮らしたいわ。こうして愛しあってもすぐに別れるのがつらいの。お願い。生活できるように私も勤めを続けるから」

手を合わせられじっとこちらの顔を見つめられた。思わず
「いいよ、俺も今晩話してみる。問題は慰謝料の額だ。子供が三人いるから毎月いくら払えばいいか弁護士さんと相談してみる。家のほうは、北鉄小森駅付近に平屋を見つけた。四部屋ある貸家の物件を明日押さえておく」

「まぁ、嬉しいわ。さすが不動産会社に勤めるだけあって話が早いわね」

清八の頭には、大浜弁護士の顔が浮かんだ。院長宅の隣の地所のことで裁判になったとき世話になった人だ。弁護士事務所の窓に貼ってあった案内表示を思い出していた。

(民事全般、相続、離婚・慰謝料、債務整理とあったな)

彼自身の実入りは、身分昇格で手当てが上がった。会社の業績も順調で、給料も大幅に増えている。以前協栄社の塩屋社長に土地を買ってもらった。それが売れた際に入った、会社に内緒の礼金も入ってきた。ほかの客からもこの種の金が貰える機会が増えている。

小遣いには困らない最近の懐具合だ。

（いざという場合は、義父から譲ってもらったゴルフ場の会員権を売ればいい）

相応の慰謝料を払った上で、真理との新生活をやっていける自信はあった。


「暑いねー、かあちゃん。頬っぺたがかゆいよー」

じっとしていても体から汗がにじみ出て、自然としたたり落ちる。七歳になる長女の満江が、母親の時子にしがみついた。台所で手伝いながら、あせもでかぶれた顔を掻いている。午前中はやかましかったクマゼミのジー、ジーという鳴き声が変わった。カナ、カナ、カナというヒグラシの声が、かまびすしい。

長屋の前の道路を超えて五十メートルばかり南には、瀬戸市の奥地から流れ出る矢田川がある。少し下流でともに一級河川の庄内川に合流し伊勢湾に注ぐ。ここから二十キロ先の源流のあたりは、瀬戸市南東部の猿投山西山麓に展開する丘陵地である。その辺りは、広大な雑木林が残る海上（かいしょ）の森と呼ばれる里山である。二百以上の湿地やほ乳類十六種、鳥類百十種、植物六百六十五種が確認されている。この森では、春先に山桜と湿った場所でコブシが白い花を咲かせる。この花の咲く頃に岐阜蝶（ギフチョウ）が姿を見せる。黄色と黒の横縞が重なった羽根を持つ貴重な蝶である。

森の中央部には上高地の大正池にならって〝瀬戸の大正池〟と呼ばれる海上池水没林がある。北海上川に築造された砂防ダムによってできたものだ。このあたり一帯の幻想的な四季の色とりどりが、訪れる人の心を和ます。秋になれば、水が抜かれた大正池に赤とんぼが舞う。各種の雑木がそれぞれの色を染め冬の到来を告げる。時子は、小学生の時に遠足などで海上の森へ何度か出かけたことがあった。

矢田川は昨日、この地方を襲った季節外れの台風一五号の影響で土色の濁流が渦巻いていた。いつもと違ったとてつもなく速い流れに変わっている。この辺りの河川敷のあちこちには、各種の遊具が置いてある。時子は、子供が幼い時からここへよく出かけていた。小さなラケットと羽根を買い、天気のいい日には、バドミントンをして遊ぶ。

それにしてもとにかく暑い。加えてセミ独特のかん高い鳴き声が、不快感を更にあおる。熱気の渦をかき混ぜているかのようだ。それもそのはず、今日は七月二十三日で大暑の日。一年中で最も気温の高い日だ。近所の空き家で行われている内職の手伝いから帰ったばかりの時子は、満江の手を振り払いながら叫んだ。

「妹たちが、お鹿ばあちゃんのところにいるはずだから呼んでおいで」

時子は満江に、五歳の次女綾乃と二歳の百合を呼んでくるよう言いつけた。間もなく顔を見せた綾乃と末っ子の百合が、母親を見るなりそろって

「かゆい、目が痛いよう」

両手で目をこすりながら泣きじゃくった。

「汗が目に入っただけだからどうもない。ご飯の支度をみんな手伝って」

「おねーちゃん、お父ちゃんの茶碗はどうするの」

綾乃が問いかけた。父親の清八は、一昨日の夜時子と言い争った後姿を消している。

「並べなくていいよ」

母親の甲高い声が跳ね返ってきた。食卓には、焼き肉、刺し身、卵料理、野菜の煮物、お菓子と、いつもの質素な夕餉に比べて豪華だ。

「どうしてこんなに美味しいものばかりなの」

子供たちの問いかけに
「一度くらいみんなで腹一杯うまいものを食べたかったの」

作り笑いをして子供たちに言い聞かせた。

「父さんがいればいいのにね。どうしたのかなー、おかーちゃんが嫌いになったの」

綾乃の問いかけに
「ああ、そうだよ。よその女の人と一緒に暮らしたいんだとさ」

「お金がなくなったらどうなるの？　学校へ持っていく給食費は大丈夫、お母さん」

満江の箸が止まった。長女らしく明日からの生活の心配している。

「どこかへ働きにいくしかないけど。困ったねー」

時子は、食べかけのご飯を口に含んだまま頭を左右に傾げた。先ほどの笑顔から、思いつめたような顔つきに変わっていた。外は夕方からの怪しい雲行きに変わった。薄明かりの月が見え隠れしている。

「さあ、今から矢田川へ行こう。一昨日バドミントンをした時にラケットと羽根を土手に忘れてしまったね。残っているかどうか見に行こうよ」

時子が食事のお茶の後に誘うと、満江が不満そうな顔つきで反対した。

「風が強いし、川はきっと水がいっぱいだよ、危ないから止めたら、お母さん」

「でも、羽根を叩くあれが……」

綾乃がラケットを振り回す恰好をすると
「そうそう。無くなると、これからはお金があまり使えないから。取りに行かなくっちゃ」

時子は次女の心配そうな顔を口実に、百合の手を抱いて外に出た。

堤防まで来ると、いつもの浅い川が見えない。普段ならズボンの裾をまくれば歩いて渡れる。今日は、向こう岸まで濁流であふれている。河川敷にある滑り台が、登り階段の中ほどまで水に浸かったままだ。速い流れの中にプラスチック製品や木材、家具らしいものが矢のように流れていく。

時子が、綾乃と百合を左右の手で握りしめた。目で満江についてくるように合図した。月が陰り、風が強くなってきた。時たま、わずかだが、大粒の雨が親子の頬を打つ。

突然稲妻が光った。時子の眼はつり上がり、髪の毛は逆立ったまま。歯を食いしばった口元が、裂けたように広がった。淡い月に照らされ青白い顔は、いつか絵本で見た鬼女にそっくり――満江にはそう映った。鬼気迫るその場の雰囲気から、本能的に、母親が川に飛び込もうとする気配を感じた。

「お母さん、いやいや、私怖いよ―」

叫んだ瞬間、母親に突進し体当たりした。時子から自由になった二人の妹を抱きかかえ大声で泣き叫んだ。

「お母さんの馬鹿、バカ!　死にたくないよね、綾乃、百合」

二人も姉につられて泣きじゃくった。時子は長女に体をぶつけられ崩れ落ちた。呆然としその場に座り込んだままだった。

かなりの時間が経ってから、かすれた声でつぶやいた。

「ごめんね、母さんが悪かった。家に帰ろう」

重い足取りの四つの影法師が、さっき来た道をよろめくように引き返した。

「あれ、誰かいるよ、母さん」

部屋の中にいる人影を見て綾乃が叫んだ。居間に入るとお鹿ばあさんが半分に切った西瓜を前に長椅子に座っていた。彼女には、合鍵を渡してある間柄だ。入ってみるといつも散らばっている玄関の靴が見当たらない。台所や居間もきちんと片付いている。急いで川へ見に行こうとしていたところだった。

「ばあちゃん、こわかったよー、川で母さんが……」

綾乃がそれだけ言って、胸元にしがみついて泣きじゃくった。満江、百合の顔にも涙の痕がくっきりと見えた。鹿江は昨日、時子から清八との別れ話を聞いた際に釘をさしておいた。

「早まった事だけはするんじゃないよ」

昨日の時子の深刻な顔つきから、夕方になり不吉な予感がした。矢田川の濁流と結び付けて見に来たのだ。

「西瓜を一人で持て余してたから、持ってきたところさ」

全てを察してそれ以上、何も言わなかった。冷えた西瓜を食べた子供達が風呂に入っている。時子が重い口調で相談を持ち掛けた。

「すみませんでした、ご心配を無にして。……清八は養育費は出すと言っているけど、どこまで本気かわからないし。情けないけどどうしようもなくて。実家に帰るわけにはいかないし。思いあまって……」

「でもさー、子供達には罪がないから、道連れはいけないよ。私も前の亭主には浮気でさんざん泣かされた。何度も家を出てやろうかと思ったが、自分で稼げない。だから我慢するしかない人生だったさ。自活できない女はみじめなものだよ。あんたが働けばいいんだよ。今日、新聞に入ってたチラシで見たけど、東洋精機が働き手を募集していたよ」

この会社は、機械部品を製造している会社。時子の家から自転車で十分くらのところにあった。そう言われ差し出された求人広告を見る。部品の検査係で、勤務時間は午前八時半から午後五時まで。土曜、日曜日は休みとあった。

「満江が学校から帰ったあとと、下の二人をどうしようかしら」

「下は岩田橋に出来た緑保育園に入れたらいい。満江はね、東明神社の下にある学童保育所があるだろ。そこは、午後六時まで預かってくれるそうだよ。何かあったら私が迎えに行くから心配いらないよ」

第六章　凶と出た賭け

　後日、丸一不動産の営業会議では、繰り延べにしていた院長宅地の扱いについての議論を再開した。三浦社長が口火を切った。

「正式に購入できるメドがつき議論を再開します。転売案と超高級マンション建設案の二つに分かれている。採決を取れば簡単だ。だが重要な案件なので更に議論を深めたい」

　いつものように佐々木の甲高い声が会議室内に響いた。

「駅まで歩いて二、三分。驚くほど駅近で確かに土地の利便性は抜群にいいです。周辺の環境は問題なく優れています。小中学校、郵便局、図書館、区役所、消防署、スーパーなどにも近い。住むには申し分ない物件です。ただ、マンションを建設し売り出すまでには、一年半から二年近くはかかるでしょう。それまでの経済環境の変化を折り込まないと危ない。私が当初から転売を薦めている理由はこれです」

「しかしなー、アメリカの面積は日本の二十五倍というが、それなのに日本全体の地価の合計は、アメリカ全体の地価の四倍というぞ。地価はまだまだ上がる。心配はないって」

三浦社長が佐々木に反論し清八が続いた。

「このあいだスポーツ紙に載っていたが、野村証券は株価が八年後には八万円まで上昇するとの予想だぜ」

「それは、株価も地価も永遠に上がるという神話に基づいているからだ。だから危ないんだって」

佐々木が即座に反論した。ここで三浦社長が立ち上がり、ずんぐりむっくりの体躯を左右に揺すりながら佐々木を説得にかかった。

「いつかの営業会議で言ったことのある経済評論家の話を思い出した。朝日ソーラーを例に出した講師のことだよ。彼によれば、トヨタだって豊田自動織機製作所から自動車を造る時は、社内で大反対だった。会社がつぶれると重役皆が賛成せず大変だったそうだ。後にトヨタの社長になる石田退三を始め全員が反対した。豊田家が無くなると首を横にふった。だから言いだしっぺの二代目豊田喜一郎は秘密裏に開発を進めた。ホンダもだ。本田宗一郎がオートバイから四輪車を手掛けた。その時は、誰も成功するとは思っていなかった。時の政府が、新規の車メーカーの誕生を良しとしないご時世だったんだ。企業の成長には、伸るか反るかのヤマ場がある。それを乗り越えてこそ、今日のトヨタ、ホンダがあるという話に感銘したな」

三浦社長の演説が終わると清八が

「あのー、そういうのって、清水の舞台から後とびと言うんでしょ」

調子を合わせて持ち上げた。

「そこまでおっしゃるんでしたら、私は反対はしません。しかし賛成もしません」

佐々木浩二が渋い顔付きでやっと折れて、丸一不動産の開発計画が決まった。

丸一不動産の主取引銀行は、中部銀行山森支店で担当者は安田主任だった。しかしこのマンション建設の話が決まると、大野支店長直々の扱いになった。しかも額が大きいので本店融資部の直轄案件に昇格。銀行側は、本店役員、支店長とも最後まで面倒を見ると確約していた。

三浦社長は融資が決まった時、中部銀行本店に呼ばれた。融資担当の山口雄一郎専務取締役と面談するためだ。

六階の役員室の廊下は、赤い絨毯が敷き詰められ塵一つ見られない。三浦は、思わず靴の底を見て泥が付いていないのを確かめ安どした。深い背もたれのある応接室の椅子に座っていると、秘書の若い女性がお茶を持って現れた。彼女が、テーブルの上に置かれた来客用の煙草を三浦に差し出しながら

「煙草をどうぞ、山口がすぐに参りますから」

丁寧に頭を下げげた。湯呑茶碗から蓋を取ると、かすかに玉露の香りがする。我が社の粗茶とは随分違うと感心しているところへ

「お待たせしました。山口です。三浦社長、呼びつけてすみませんでした。何しろわが社にとっては大型案件なので頭取の決済を取らねばなりません。大野支店長からは詳しい話を聞いてますよ。完成すれば投資額は取り戻せるという社長の戦略は納得できます」

五十歳を過ぎたところだろう、頭の毛を七三に分けている。中肉中背ながら背筋がぴーんと伸びて精悍な顔つき。太い眉毛に黒縁の丸い眼鏡をかけ、銀行員には珍しく薄く口ひげを生やしている。

「丸一不動産のような零細企業にとっては、無謀な冒険とも取れる今度の事業です。それにも拘らず千載一遇の機会を生かすわが社にご理解いただき、感激の至りです」

三浦が恐縮しながら立ち上がり名刺交換をした。

「計画は順調に進んでいますか」

専務の問いかけに三浦が満面の笑みを浮かべながら
「はい、お陰様で色々な手配が順調に進んでいます。御行のご支援が得られたことで順風満帆です。ところで景気の行方を専務さんはどう見ていらっしゃいますか」

「まだまだ二、三年は大丈夫でしょう。その間に計画の完成を祈っています。お宅の会社の社運が掛かっていますね、だからきっちり面倒を見させて頂きますよ」

「有難いお言葉を頂き感激です」

三浦は改めて山口に礼を言って頭を下げた。

「三浦社長、確か昭和二十五年六月でしたか、トヨタ自動車工業が経営危機になりました。金融機関がみんな手を引きました。その時三井銀行のみが、取引を継続したんです。それ以来、トヨタ自動車は主力銀行の筆頭を三井にしています。個人的な見解ですが、企業と銀行の在り方はこうありたいと願っております」

三浦は、初めて聞く話で大いに参考になった。それと先ほどあった面倒見に関する専務の力強い言葉にホッとし、銀行を後にした。

ただ、「計画の完成を祈っています」という山口の言葉がひっかかった。「計画の完成は間違いないでしょう」とでも言って欲しかった。

世の中は、株価の上昇、地価の値上がりでまだまだ勢いづいていた。特に地価は土地資産のなどの計上が簿価で行なわれていた。このため簿価、つまり買った値段と時価との差額が含み益となる。結果的に担保価値の上昇を招いていた。仮に損失が出ても含み益を使って解消できる。だからかなり危ない事業でも突き進む経営者が、少なからずあった。三浦社長もその一人であった。

後日の営業会議では、どういったマンションにするかを議論した。三浦社長が先ず構想図を示した。それによると免震構造、地上七階、地下一階で駐車場は地下と一部を地上に設ける。部屋は床暖房とし、台所は使い勝手のいいL字型を採用。2LDK、広さは五四・四七平方メートル、3LDK、九〇・一一平方メートル、4LDK、一〇五・一一平方メートルなど二十七室の間取り図を示した。

「この話が出た時に直ぐ大門建設へ行き、大角社長にマンション建設の話をしたんだ。そうしたら協力すると言って設計会社を紹介してくれたよ。結局、建設は大門さんが主体でやると引き受けてくれた」

「流石に早いですね、社長の打つ手は。でもよく引き受けてくれましたね」

清八が感心して思わず右手こぶしでテーブルを叩いた。

無論、大門建設も条件は付けた。建設資金の建設資金の一部を前払いということで折れ合った。三浦社長が内部の様子を設計会社の案に沿って説明に入った。

「雨に濡れにくい庇付きの車寄せ。入口から玄関に入ると二層吹き抜けの開放空間が広がる。玄関の床材は天然石を使う。冷暖房完備の内廊下設計で、玄関への出入りは外部から見られない。電気配線や給排水管等は、専有部分の床コンクリートに打ち込まず二重床採用にする」

「最近の高級マンションは、コンシェルジュとかいう管理人が居て入居者の色々な要望に応えているそうですが。うちは予定しているんでしょうね」

佐々木が、内装の大方の説明が終わったところで三浦社長に質した。

「無論、用意する。部屋の掃除、家事の手伝い、宅配の受け取りや配送などの世話をする。そのほかに入居者を訪ねてきたお客さん用の宿泊用の部屋もな。洋間、和室の二部屋、それに誕生日会やちょっとした会合のできるパーティールームも設計に入っている。この部屋には、調理施設も備える。これとは別に小さな部屋だが図書コーナーも考えている。全館に火災報知器は万全に備える。敷地内に植栽を施して、緑豊かな環境づくりにも努める」

どうだと言わんばかりに三浦社長が胸を張って付け足した。この時に清八が、聞きたいことがあると手を挙げた。

「肝心の分譲価格ですが、どんな風にお考えでしょうか?」

「まぁ、おおざっぱに考えているのは、2LDKが二億円台、4LDKが四億円台と言ったところだ」

「そうすると3LDKは、三億円万台ということですね」

「そんなところで考えている。君達の意見はどうかな」

佐々木の手が上がった。

「詳細は後程詰めましょう。売主の信用問題について買主がどう思うか、不安があるんですが」

「どういうことだ? 丸一不動産相手では信用がなくて売れないと思っているんか」

「その通りです。わが社は名もない不動産業者でしょ。何億円台の物件は売れないんではないかと心配です」

「わかる、佐々木君の懸念はもっともだ。しかし私はこう考える。大事なのは、第一に地の利、それに完成した現物の評価だ。買主は先ず住んでどのくらいの便利さがあるのかと周囲の環境を考える。ここの場合は、私鉄の駅まで二分で十五分で都心へ行けるし、名古屋駅まで三十分で充分だ。買い物、学校、病院など公共施設は全て至近距離にある。車なら八分くらいで、愛知県営の緑風公園に行ける。一生住むのにこんなに恵まれた所はないはずだ。チバリーヒルズに比べれば地の利が分かるだろう」

佐々木、清八共にうんうんとうなずいた。社長は、二番目の課題であるマンションそのものの出来栄えについて熱い口調で語り出した。

「大門建設に任せる以外にないが、概要のところで説明した通り、建築には最高の資材を使う。それに加えて完成後の利用面でもきめ細かい目配りで、何億円台にふさわしい建物を目指す。

「分かりました。来年の春までには着工に持ち込みたい」

佐々木が、かねてからの懸念を再度ぶつけた。

「資金の手当は本当に大丈夫でしょうか」

「そこのところ、私は割と単純に考えているんだよ、佐々木君。というのはね、これは賃貸物件ではなくて現金が一度に入る分譲住宅だ。周囲の環境が気に入ったお客が、現物を目で見て納得すれば買いとなる。そこで売主が誰それとこだわる人は少ないと見ている。転売目当ての人もいるだろう。そういう人は早く買ったほうが得になる。今は何でも早い者勝ちの時代だ。契約がまとまるのまでの勝負だ。多少のリスクはあっても短期決戦でいける」

「社長の構想では、来春に着工して一年半後の完成を目指す計画でしたね。そこまで今の情勢が持ちこたえるから大丈夫、ということですか」

「現在流行りのゴルフ場の建設に例えれば分かり易い。完成すれば一口数千万円の会員権を数千人に売れれば数百億円が入る。会員権をうちのマンション戸数に置き換えれば理解が早い。完成すれば丸一不動産にだって数十億円が入ってくるんだ。出来上がるまでの辛抱だ。短期決着の事業だからあまり深刻に考えるなよ」

「もう一度だけお聞きします。資金手当ては、本当に大丈夫ですか」

佐々木が首を右から左へ廻しながら社長に尋ねた。

「普通は、担保物件の価値に対して七十パーセントの割合で貸し付ける。今は借り手市場で担保価値の百パーセントか百二十パーセントでも融資してくれる。それにな、ノンバンクも担保の有無にかかわらず借りてくれとうるさいくらいだ」

「ノンバンクというのは、銀行じゃない貸し手ですよね。何とかファイナンスとかなんとかリースとか。最近、住宅金融専門会社が会社を訪ねてきて借りてくれとせっつかれますが」

清八が社長の説明に後付けで補足した。

「そうだ、つまり銀行は預金を原資にして貸すから銀行法で規制が厳しい。それに比べノンバンクは貸金業で、貸出規制が緩やかだ。今は、銀行系列のノンバンクから銀行を経由した金が流れてくる。住専、つまり住宅金融専門会社からは、億単位で貸すからとうるさいくらいだ。だから佐々木君よ、資金繰りは全く心配ない」

その頃、地元の大手新聞中央日報の新聞販売店同士が連合で発行している地域ニュース紙があった。三浦社長が、この「山森ホームニュース」に高級マンションの話を持ちかけて掲載された。

「言い忘れていたが、マンションの名前はどうする？　何かいい案はないか」

社長の問いかけに、素早く清八が答えた。

「先日から考えていたんですが、『匠の館・一番館』というのはどうですか」

「成程ね、一番館というのは、匠の館がまだ二番館、三番館が続くという意味も含んでだな」

「いいんじゃないか、それでいこう。ホームニュースが取材に来た時は名前が決まっていなかった。『笹森山駅前に超高級マンション建設』とだけ書いてあったな」

三浦社長の賛成で名前は即決した。

この頃の株価の推移をみると、日経平均は昭和六十一年の一万八千七百一円が六十二年二万千五百六十四円と高騰。六十三年に入るとじりじりと三万円台に近づいている六十四年になると株価の騰勢が更に続いた。一月七日、昭和天皇が十二指腸部腺癌で亡くなり、八日から元号が平成と改められた。八月三日に三万五千円台につけた平均株価は、十月二十九日に三万七千円台と更に値上がり。一方でゴルフ場の会員権、絵画などの価格も上がり続けた。日本の企業や一部の資産家による買い漁りが目立った。そして、平成元年十二月二十九日、東京証券取引所の大納会で日経平均株価は、三万八千九百十五円と史上最高値を記録した。

その頃世間で話題になったことを拾うと、平成元年九月、ソニーが米映画社大手のコロンビアを四十八億ドルで傘下に収めている。十月には三菱地所が、ニューヨークのロックフェラー・センターを買収した。当時の日本円で約二千二百億円の高額だった。海外不動産買い漁りの象徴となった。こうした日本企業の動きに対し、米国では日本叩きが目立ってきた。

誰もが、株価はさらに上がり続けるものと思った。市場関係者の多くが、次の年の株価は四万円台を超えると予想していた。

正月元旦の中央日報の一面トップに、派手な見出しの記事が踊っていた。「丸一不動産が笹森山駅前に超高級マンション、匠の館・一番館、最高値は四億円台」

ところが、大方の予想は外れた。平成二年一月四日の大発会では、二百二円の下落となった。株価はじりじりと下がり気配を続けていた。十六日には、ソ連、東欧情勢の緊迫化やニューヨーク株式市場の軟化も手伝い三万七千円割れとなった。

こうした状況を受け、丸一不動産では緊急の営業会議を開いた。三浦社長が会議の冒頭、口火を切った。

「想定外だが、年明けから株、債券、円のトリプル安が進んでいる。これからの事態をどう見るか話し合おう」

佐々木が手を挙げて発言を求めた。

「やはり今までの株価、地価の上昇は、異常だったんじゃないですか。これは危険信号だと思います。株は損しても今のうちに売れば被害が少なく済みます。マンション建設も同じです。工事が進めば進むほど戻れなくなります。まだ保有する土地の担保価値はあります。今が撤退するなら最後の機会です」

「私は反対の意見です。これまでも株価は、ある程度上がるとその反動で下がる。しかし暫く様子を見ていると一進一退でまた戻す。周期的にこの連続で上げてきた。今回も一時的な調整でまた戻るはずです」

清八が自信ありげな口調で反論した。

「私も大沢君の意見に賛成だ。お正月の中央日報の記事のお陰で匠の館の問い合わせが二十数件もきている。中には、すぐにでも買いたい、完成時期を早くという声もあった。地価は全国的にまだ増勢だ。もう工事の準備も進んでいる。このままいく以外ないだろう」

三浦社長が、珍しく葉巻をくゆらせながら貧乏ゆすりを始めた。この貧乏ゆすりは、気持ちが落ち着かないと足の上下運動が早くなる傾向があった。

株価のほうは、二月、三月と下がり続け、三月二十二日には日均株価が三万円を割り込んだ。この三カ月で二〇パーセントも下落したのだ。

実は、この頃にバブルの崩壊が始まっていたことに、誰も気づかなかった。

この日開いた営業会議では、一月十六日の三万七千円台割れの日の結論と同じになった。三浦社長と大沢清八は工事続行に対し、佐々木浩二は自説を譲らなかった。

平成二（一九九〇）年三月二十七日、当時の大蔵省銀行局長土田正顕から、金融機関に対して総量規制を行う旨の通達があった。異常な地価上昇を冷やすためだ。土地取引に流れる融資の伸びを抑える狙いが明白だった。

翌朝。この記事を読んだ佐々木が朝一番で出社し、社長に進言した。

「読みましたか？　この記事の影響が心配ですが」

「行き過ぎた不動産価格高騰の鎮静化を目的にした政策か。俺も今朝その記事を見た。みんなと相談しようと思っていたところだ」

新聞を片手にした三浦社長が、早口で記事を読み上げた。その後、両腕を胸の前で組みながら考え込む。

「すぐに中部銀行の大野支店長を訪ねる」

支店では、来客中ということで十五分くらい待たされた。

「やー、三浦社長、お待たせしてすみませんでした。ちょっと込み入った案件の先客があったものですから」

細面の顔の眼鏡を光らせながら愛想よく応接室に入ってきた。

「総量規制の件でしょ、私も御社へ電話をしようと思っていた矢先です」

如才なく答えた。

「不動産価格の高騰を抑えるとあります。しかし地価はまだ増勢です。うちは土地を確保しマンションを建設中だから影響は軽い」

三浦社長が懸念を振り払うように明るい口調で述べた。

「総量規制の骨子は、不動産向け融資の伸び率を総貸出の伸び率以下に抑える。それと不動産業、建設業、ノンバンクに対して融資の実態報告を求める。つまり三業種を規制する。この二点ですね。要するに貸し出しを厳しくするという内容です。個別の案件については、本社に聞いてお返事をします」

大野支店長の答えは紋切り型だった。支店長権限ではここまでの回答が限界と分かり、支店を出た。


会社に帰ると早速対策会議を開いた。

「中部銀行の出方次第だが、わが社にとっては容易ならざる事態が予想される。今から金策に回ろう」

開口一番、三浦が緊張した表情で皆を見渡し
「通達によれば住宅金融専門会社と農協系金融機関は除くとあるな。住専と他のノンバンク、農協などは二人で手分けして頼む。確か佐々木君は、農協組合員の資格を持っていたな。俺は大門建設、尾張中央信用金庫へ行く」

これだけ言って足早に車に向かった。佐々木は、住専と農協を目指した。清八は、中央リース、セントラル信販、尾張合同ファイナンス、いずみキャピタルなどを回った。三人は各社へ融資の可能性を訪ね頭を下げた。

夕刻帰社したみんなの顔は、一様に暗かった。足を棒のようにして歩いたが、いずれも

手ごたえはゼロ。先日まで「借りて下さい」と平身低頭の会社ばかりだったが
「主力の中部銀行さんに頼んだら？」
「新しい抵当物件を出してください」
「早く土地を処分されたらどうですか。地価は、いったん下がり出すと買い手がつかないですからねー」

にべもなく断ってきた。


数日すると中部銀行の山口専務から三浦社長に呼び出しがかかった。

「三浦社長、誠にすまない事態になりました。この通り」

時間に少し遅れて出てきた専務は、少しだけ頭を下げた。

「といいますと、まさか融資は出来ないとでも……」

「おっしゃる通りです。難しくなりました。大蔵省の意向は、金融機関の不良債権を減らすことにあります。従って抵当の土地の価値以上の融資は出来ません」

「しかし、まだ土地価格は増勢です。担保価値は目減りしていないと思いますが」

「それはあの規制の通達が出る前までの話です。これからは、価格が下がり始めます。目減り分に比例し融資額が当行の不良債権となります。これまでの貸し付け分を返済して頂きます。これが先日の役員会で決まったことです」

三浦は唖然とすると同時に、前回この役員室でのやりとりを思い出した。

「お宅の会社の社運が掛かっていますね、だからきっちり面倒を見させて頂きますよ」

確かに聞いた山口専務の言葉は何だったのか。無性に腹が立ってきた。

「専務さんは、トヨタ自動車と三井銀行の例を出して主力銀行の在り方を教えてくれましたね。あの話は何だったんでしょうか」

「銀行は、大蔵省には逆らえません。うちのような中小の地方銀行は、特にそうです。担保価値がある時の融資を前提にしないと、これ以上は無理です」

話をはぐらかされた。交渉を打ち切るためだろう。秘書がメモ用紙を専務に渡すと
「すぐに行くから第三応接室で少し待ってもらうように」

三浦に聞こえるように言って暗に退席を促した。


会社に帰ると、二人と事務員が心配そうな顔つきで社長の帰りを待っていた。

「どうでしたか、社長、中部銀行の専務との話し合いは?」

清八が真っ先に尋ねた。

「バンキュウ。バンキュウだったよ」

「バンキュウって?」

「万事休すだよ、大沢清八君。担保価値が無くなったから付き合えないと言うんだ」

「それでどうしろというのですか」

「貸付分を全額返済すること、その上で融資は考えようと宣った」

社長は、山口の出方を尊敬語で皮肉った。

「そんな、即全額返済なんて、出来る訳がないでしょう！」

清八が真赤な顔になり質した。

「だから、担保の土地を処分して回収分に回すと言われた」

佐々木が首を右に傾げながらつぶやいた。

「土地の価格が下落に転ずると、買い手はつかなくなる。それでどんどん下がる悪循環が始まる。最後の高値の物件をつかまされないように、トランプ札でいうババ抜きゲームだよ。みんながババを引かないように逃げる展開になってきたんだ。銀行はその辺を見込んでいる。融資分の幾らかでも回収しようと懸命なんだろう。中部さんは相互銀行出身の地方銀行だから、経営基盤が弱い。わが身が可愛くなれば、我々のような弱小の取引先は切り捨てさ」

「それで、社長、会社はどうなります？　私お母さんと二人暮らしなんです。次の仕事、探さなければ？」

正社員になったばかりの事務員が、涙声で三浦に質した。

「どうするかと聞かれてもなぁ……。私がそう聞きたいくらいだ、どうしようもないんだ」

三浦が葉巻を手にしながら火も付けずに
「民事再生法による再建は難しい。自己破産くらいしか浮かばない。大浜弁護士さんに相談してみるが。いずれにしても、もう会社はないものと思ってくれ。すまない」

三浦社長は、みんなの前で深々と頭を下げた。

終章　バブルの終焉へ

この年、平成二（一九九〇）年の五月、大昭和製紙名誉会長の齋藤了英が二百四十四億円で絵画を買ったと報じられた。ゴッホの「医師ガシェの肖像」百二十五億四千万円、ルノワールの「ムーラン・ド・ラ・ギャレット」が百十八億七千百万円だった。彼は、「自分が死んだら棺桶に入れて焼いてくれ」と周囲に洩らした。当然ながら海外の美術愛好家からは、批判が押し寄せた。

七月初め、チバリービルズの売り出しが始まった。当初の建設予定の六十戸が四十九戸に縮小され、実際に売れたのはその半分にとどまった。

十一月三十日、日本オートポリス創業者の鶴巻智徳がピカソの「ピエレットの婚礼」を七十八億八千万円で買い話題を呼んだ。この会社は、九州でリゾート開発を手掛けていた会社である。

十二月には松下電器産業が、米国のユニバーサル映画社を買収した。邦貨で約七千八百億円と、日本企業による最高額の買収であった。

こうした海外での大型買収案件は、後日ことごとく失敗したが、バブルの余韻は、確かに残っていた。

かつてアメリカ連邦準備制度理事会（ＦＲＢ）議長を務めたアラン・グリーンスパンは、「バブルは崩壊して初めてバブルと分かる」という言葉を残している。

平成二年三月の総量規制を機にバブルがはじけ始めた。その後は、雪ダルマが雪の積もった坂道を転げ落ちるように傷口を広げた。気が付いたら宴は終焉していたのだ。

あとがき

平成バブル期とは、一般的に昭和六十一（一九八六）年十二月から平成三（一九九一）年二月までの五十一カ月を指す。バブルが絶頂期だった平成二（一九九〇）年頃のゴルフ場会員権は、譲渡価格がうなぎ上りだった。関東の名門クラブ、東京都小平市の小金井カントリー倶楽部の相場は、四億円を突破していた。名古屋で和合コースを持つ名古屋ゴルフ倶楽部は、価格が一億六千万円台となった。和合コースは、距離が短いものの、小さめの砲台グリーンと蛸壺バンカーが特徴だ。全国的にも攻略の難しい名門ゴルフ場で知られている。

バブルがはじけた時に、小金井の価格は三千五百万円台に下落。名古屋ゴルフ倶楽部の現在の売り価格は、一千万円前後である。東京タワーは、昭和六十三年、別会社を設立し千葉県君津市にゴルフ場の建設を始めた。平成七（一九九五）年、そのゴルフ場が開場した時には、バブル崩壊で残った債務は百億円を数えた。その後十数年かかり債務を返済し再建を果たした。稀有な事例である。

　九一年八月、東洋信用金庫による預金証書を偽造した巨額詐欺事件で、大阪・ミナミの料亭「恵川」女将の尾上縫が逮捕された。日本興業銀行（現みずほ銀行）は、グループ全体でこの女性経営者に対して二千億円を融資していた。平成バブル崩壊の後始末は、金融機関の不良債権処理でもあった。日本興業銀行、日本長期信用銀行、日本債権信用銀行などは、国策的金融機関だった。これらと十三行にのぼる都市銀行群が、現在の三大巨大銀行グループに集約された。昔のままの名前で残っている銀行は一つもない。一攫千金に挑戦した人々の多くは、願いかなわず数夜の夢に終わったのである。

　日本は現在、アベノミクスがもたらした異次元緩和による国債バブルにはまっている。日本銀行は、国債残高一千兆円弱のうち五百兆円近くを保有する。日銀が今のように国債を売らず、いつまでも借り換えを続けたままで、金融システムが守られるのか。

　〝冷めたバブル〟〝冷たいバブル〟時代とも言われる昨今、平成バブル三十年を節目に、熱狂に満ちた熱い日々を振り返ることに意味はあろう。

　最後になったが、快く出版を引き受けて頂いた花伝社の平田勝社長、編集部の近藤志乃さんにお礼を申し上げたい。近藤さんには、時代考証のほかきめ細かい校正で大変お世話をかけました。

安保邦彦（あぼ・くにひこ）
1936年、名古屋市生まれ
南山大学文学部独文学科研究課程修了
名古屋市立大学大学院経済学研究科修士課程修了
大阪大学大学院国際公共政策研究科博士後期課程修了
国際公共政策博士
元日刊工業新聞編集委員
元愛知東邦大学経営学部教授
元名古屋大学先端技術共同研究センター客員教授
愛知東邦大学地域創造研究所顧問

主な著書
『中部の産業――構造変化と起業家たち』（清文堂出版）
起業家物語『創業一代』『根性一代』（どちらもにっかん書房）
『二人の天馬――電力王桃介と女優貞奴』、『うつせみの世 夜話三題――中高年の性・孤独・恋』（花伝社）
電子書籍『お願い、一度だけ』（22世紀アート）など多数。

見切り千両――平成バブル狂騒曲

2020年5月25日　初版第1刷発行

著者 ――安保邦彦
発行者 ―平田　勝
発行 ――花伝社
発売 ――共栄書房
〒101-0065　東京都千代田区西神田2-5-11出版輸送ビル2F
電話　03-3263-3813
FAX　03-3239-8272
E-mail　info@kadensha.net
URL　http://www.kadensha.net
振替 ――00140-6-59661
装幀 ――北田雄一郎
印刷・製本―中央精版印刷株式会社

©2020　安保邦彦
本書の内容の一部あるいは全部を無断で複写複製（コピー）することは法律で認められた場合を除き、著作者および出版社の権利の侵害となりますので、その場合にはあらかじめ小社あて許諾を求めてください
ISBN978-4-7634-0928-7 C0093

うつせみの世 夜話三題

中高年の性・孤独・恋

安保邦彦

定価（本体 1500 円 + 税）

黄昏の事件簿

思いがけない恋、ストーカー、連れ合いの死……
仕事も子育ても一段落、穏やかな日常に
ある日突然「事件」が起きる——
現代の孤独を描く

二人の天馬

電力王桃介と女優貞奴

安保邦彦

定価（本体 1500 円＋税）

明治から昭和を駆け抜けた波乱万丈の人間模様

新派創興の川上音二郎、世界を魅了した日本初の女優貞奴と電力王福澤桃介。

音二郎亡き後、桃介と貞奴の再会で電源開発にかける執念と舞台一筋の情熱が恋の火花を散らす。